शरत्-साहित्य

परिणीता

(उपन्यास)

- इस पुस्तक में 'परिणीता' उपन्यास के अतिरिक्त लेखक का एक अन्य लघु उपन्यास 'मझली दीदी' भी सम्मिलित है।
- 'मझली दीदी' उपन्यास पृष्ठ 70 से पृष्ठ 104 तक है।

VBA
वंदना बुक एजेंसी
प्रीत विहार, दिल्ली

परिणीता

शरत्चन्द्र चट्टोपाध्याय

सम्पादक
ओमप्रकाश शर्मा

ISBN—81-89424-09-2

प्रकाशक
वंदना बुक एजेंसी
ग्राउंड फ्लोर, 109, ब्लॉक बी
प्रीत विहार, दिल्ली-110092

संस्करण
2019

आवरण
रवि शर्मा

मूल्य
अस्सी रुपये

मुद्रक
बी० के० ऑफसेट
नवीन शाहदरा, दिल्ली-110032

PARINEETA (Novel in Hindi)
by Sharat Chandra Chattopadhyay
Price : Rs. 80.00

परिणीता

बैंक में साठ रुपये की क्लर्की करने वाले गुरुचरण का चेहरा अपनी पत्नी द्वारा पांचवीं कन्या को जन्म देने का समाचार सुनते ही मेघनाद के शक्तिबाण द्वारा अपनी छाती में लगने से घायल होकर कराहते लक्ष्मण के चेहरे से भी कहीं अधिक मलिन हो गया।

गुरुचरण का शरीर किराये की गाड़ी में जुतने वाले घोड़े के शरीर-जैसा मरियल है। उसकी आंखें सूनी और चेहरा कुम्हलाया हुआ है। कन्या के आगमन को सुनकर उस बेचारे का हुक़्क़ा ही उसके हाथ से छूट गया। वह न जाने किस सोच में डूबा हुआ बाप-दादा के समय के फटे-पुराने तकिए का सहारा लिये निर्विकार भाव से चुपचाप बैठा रहा। पिता को यह सब बताने वाली गुरुचरण की दस वर्षीया तीसरी पुत्री ने पिता से नयी बिटिया को देख आने का अनुरोध किया, तो पिता ने सूनी आंखों से लड़की की ओर देखते हुए कहा, "बिटिया! एक गिलास पानी देना।"

लड़की के पानी लेने चले जाने पर गुरुचरण का ध्यान नयी मुसीबत के विभिन्न संस्कारों पर होने वाले ख़र्च की ओर गया। जिस प्रकार तीसरे दरजे के अनारक्षित रेल के डब्बे में, किसी बड़े मेले के दिनों में भीड़ की रेल-पेल रहती है, उसी प्रकार एक के बाद एक उठती दुश्चिन्ताओं ने उसे बुरी तरह से आ घेरा था। हैरान-परेशान गुरुचरण को याद आया कि पिछले साल उसे अपनी दूसरी लड़की के विवाह का ख़र्च जुटाने के लिए अपना बहूबाज़ार वाला पुश्तैनी मकान गिरवी रखना पड़ा था, जिसका छह महीनों से सूद भी नहीं चुकाया जा सका है। महीने के भीतर आने वाले दुर्गा पूजा के पर्व पर उसे मझली लड़की के घर उपहार भेजने की व्यवस्था करनी होगी। कल रात आठ बजे तक बैंक में जमा-निकासी का हिसाब-किताब नहीं हो सका, जबकि

साहब के मुताबिक़ कल बारह बजे तक खाते की कापी विलायत भेजनी है। इसके अतिरिक्त बैंक मैनेजर ने मैले कपड़े पहनकर आने पर गहरा एतराज़ ही नहीं जतलाया, अपितु जुर्माना वसूल करने की धमकी भी दी है। इधर स्थिति यह है कि हफ़्ते-भर से उसे धोबी के दर्शन नहीं हुए। घर के सभी सदस्यों के आधे कपड़े उसके पास हैं। भगवान् न करे, यदि कहीं वह चम्पत हो गया, तो फिर उनका क्या बनेगा? इसी सोच में खोये हुए गुरुचरण के लिए तकिए के सहारे बैठना कठिन हो गया, तो वह हुक़्क़े को एक ओर रखकर लेट गया। मन-ही-मन भगवान् से प्रार्थना करते हुए वह कहने लगा कि इस कलकत्ता शहर में न जाने प्रतिदिन कितने लोग गाड़ियों के नीचे कुचले जाकर मृत्यु का ग्रास बन जाते हैं। क्या जीवन-मुक्त होने वाले ये लोग मुझसे अधिक भाग्यशाली अथवा बड़े अपराधी हैं? भगवान्! तुम्हारी दृष्टि मुझ ग़रीब पर क्यों नहीं जाती? अच्छा होता कि कोई मोटरगाड़ी मेरी छाती पर से गुज़रते, मुझे रौंदते-कुचलते हुए मेरा उद्धार कर जाती।

पानी का गिलास लेकर आयी अन्नकाली बोली, "पिताजी! उठिये, जल ग्रहण कीजिये।"

उठकर बैठे गुरुचरण ने गिलास को मुंह से लगाया और एक ही सांस में ख़ाली कर दिया। गिलास लड़की को थमाकर गुरुचरण फिर से लेट गया।

कमरे में आयी ललिता बोली, "मामाजी! चाय लायी हूं, उठिये, पी लीजिये।"

चाय पीने के लिए उठकर बैठा गुरुचरण ललिता के चेहरे को देखते हुए बोला, "बिटिया! रात-भर की थकी हुई है, आ, कुछ देर मेरे पास बैठ जा।"

लजाते और मामा की चारपाई पर बैठते हुए ललिता बोली, "मामाजी! रात में मुझे अधिक नहीं जागना पड़ा।"

थके-मांदे, बुरी तरह से हारे और असमय में वृद्ध बने अपने मामा की मानसिक पीड़ा और अभाव से उत्पन्न विवशता को ललिता घर के दूसरे सदस्यों की अपेक्षा कहीं अधिक और अच्छी तरह से समझती है।

गुरुचरण बोला, "कोई बात नहीं, फिर भी थोड़ी देर बैठी रह।"

ललिता के सिर पर प्यार से हाथ फेरते हुए गुरुचरण बोला, "अपनी

इस गुड़िया के लिए यदि कहीं राजा को वर के रूप में ढूंढ़ पाता, तो इस बात का सन्तोष करता कि जीवन में मैंने एक तो अच्छा काम किया है।''

कप में चाय डालती ललिता को प्यार से देखते हुए गुरुचरण बोला, ''क्यों बिटिया! इस ग़रीब मामा के घर आने पर तुम्हें निरन्तर श्रम की चक्की में पिसना पड़ता है न?''

ललिता बोली, ''मामा! घर के काम-काज को आप चक्की क्यों कहते हैं? जैसे दूसरे घर का कामकाज करते हैं, वैसे मैं भी करती हूं।''

हंसते हुए गुरुचरण चाय पीने लगा, फिर बोला, ''अच्छा, बिटिया! आज रसोई का क्या होगा?''

''होना क्या है, मैं तैयार करूंगी।''

आश्चर्य प्रकट करते हुए गुरुचरण बोला, ''बिना सीखे तू कैसे बनायेगी?''

''मामा! मैंने माईं से सब सीख रखा है।''

चाय का प्याला नीचे रखते हुए गुरुचरण बोला, ''सचमुच?''

''हां, माईं बताती जाती है और मैं करती जाती हूं। इस प्रकार मैं कई बार रसोई बना चुकी हूं।'' कहते हुए ललिता ने संकोच से सिर झुका लिया।

अपनी एक चिन्ता के दूर हो जाने से आश्वस्त हुआ गुरुचरण प्यार से ललिता के सिर पर हाथ फेरने लगा।

चाय पीते गुरुचरण ने खिड़की में से शेखर को गुज़रते देखकर उसे आवाज़ देकर बुलाया। शेखर लम्बे क़द का, हृष्ट-पुष्ट और बलवान् युवक है, जो गुरुचरण का पड़ोसी है। शेखर के अपने समीप आने पर उसका स्वागत करने और बैठने का अनुरोध करने के बाद गुरुचरण बोला, ''तुमने अपनी चाची की नयी करतूत तो सुन ली होगी?''

''लड़की के जन्म देने को करतूत क्यों कहते हो?''

''तुमने तो इसे हलकेपन से ले लिया, किन्तु मैं जानता हूं कि मुझे क्या-क्या भुगतना पड़ेगा।''

शेखर बोला, ''चाचा! तुम्हारी ऐसी सोच से चाची को कष्ट होगा। भगवान् की देन को उसका प्रसाद समझकर सहर्ष स्वीकार करना चाहिए।''

क्षण-भर मौन रहकर गुरुचरण बोला, "यह सब तो मैं भी जनता हूं, किन्तु भगवान् को भी कुछ न्याय करना चाहिए। मुझ दरिद्र के घर ही ऐसी कृपा क्यों? बेटे! तुमसे तो मेरी दशा छिपी नहीं। मेरा पुश्तैनी मकान तुम्हारे पिताजी के पास रेहन पड़ा है। इसका भी मुझे कोई खास दुःख नहीं है, किन्तु इस बेचारी ललिता को देखकर मेरा कलेजा मुंह को आता है। इस बेचारी का क्या कुसूर है, जो बचपन से ही मां-बाप के सुख से वञ्जित हो गयी। इसके रूप-सौन्दर्य को देखो, तो यही कहना पड़ता है कि ख़ालिस सोने की पुतली है। बोलो, क्या यह किसी राजकुमार से ब्याहने योग्य नहीं है? कौन-सा मुंह लेकर इसे किसी ऐरे-ग़ैरे के हाथ सौंपा जा सकता है? सच तो यह है कि मेरी यह बिटिया राजाओं के मुकुट में सजने वाले कोहिनूर हीरे से भी कहीं अधिक मूल्य, महत्त्व और गौरव रखती है, किन्तु इस तथ्य को कौन समझेगा? मैं जानता हूं कि मेरी ग़रीबी के कारण इस अमूल्य रत्न को मिट्टी के भाव किसी को सौंपना पड़ेगा। बताओ, क्या यह कोई साधारण चोट होगी? मैं जानता हूं कि यह तेरह वर्ष की हो चुकी है, किन्तु मैं क्या करूं? मेरे हाथ में तो तेरह पैसे भी नहीं हैं, जिससे इसकी सगाई की व्यवस्था कर सकूं।" कहते हुए गुरुचरण की आंखों में आंसू भर आये।

चुपचाप बैठे शेखर की ख़ुशामद करते हुए गुरुचरण बोला, "बेटा! तुम्हारे परिचित मित्रों में कोई लड़का इसके उद्धार को तैयार हो जाये, तो मैं तुम्हें करोड़ों आशीर्वाद दूंगा और भगवान् से तुम्हें राज्यपद देने की प्रार्थना करूंगा। बेटा! मैंने सुना है कि आजकल बहुत-से लड़के दान-दहेज की अपेक्षा लड़की के रूप-गुणों को महत्त्व देने लगे हैं। यदि संयोगवश ऐसा कोई लड़का तुम्हारी दृष्टि में आ जाये, तो अवश्य ध्यान रखना। तुम्हारे इस उपकार के लिए, मैं जीवन-भर तुम्हारा ऋणी रहूंगा। बेटा! तुम तो जानते हो कि तुम्हारे पिताजी मुझे अपना छोटा भाई समझते हैं, मुझे तुम लोगों का ही सहारा है।"

सिर हिलाकर शेखर ने कहा, "मैं पूरा ध्यान रखूंगा, आप चिन्ता न करें।"

गुरुचरण ने फिर से अनुरोध किया, "बेटा! इसे भूलना नहीं। आठ वर्ष से ललिता तुम से पढ़ रही है। तुम उसके आचार-व्यवहार से भली प्रकार

परिचित हो। उस-जैसी शान्त, शिष्ट, बुद्धिमती और व्यवहारकुशल लड़की चिराग़ लेकर ढूंढ़ने पर भी नहीं मिलेगी। रसोई बनाना, खिलाना-पिलाना तथा शिष्टाचार निभाना आदि सभी कार्यों में निपुण है।''

ललिता ने क्षण-भर के लिए सिर ऊपर किया और फिर संकोचवश झुका लिया। उसके होठों पर एक क्षण के लिए मुसकान दौड़ गयी। ठण्डी आह भरकर गुरुचरण बोला, ''इसके बाप ने थोड़ा नहीं कमाया था, किन्तु उस अभागे ने सब दान कर दिया। लड़की के लिए कुछ भी नहीं सोचा।''

चुपचाप बैठे शेखर से गुरुचरण बोला, ''हां, वह अपने दान-पुण्य और परोपकार का फल अवश्य अपनी पुत्री को समर्पित कर गया है। इसीलिए इस छोटी-सी आयु में यह अन्नपूर्णा बन गयी है। तुम्हीं बताओ कि क्या किसी इतनी छोटी लड़की का इतना अधिक गुणवती होना सम्भव है?''

शेखर केवल हंस दिया, कुछ बोला नहीं।

उठते हुए शेखर से गुरुचरण बोला, ''इतनी जल्दी क्यों, क्या कहीं जाना है?''

''एक केस के सिलसिले में बैरिस्टर के घर जाना है।'' कहते हुए शेखर उठ खड़ा हुआ। ग़रज़ के मारे गुरुचरण ने एक बार फिर से याद दिलाते हुए कहा, ''बेटे! मेरी अर्ज़ को भुला न देना। ललिता हलके सांवले रंग की अवश्य है, किन्तु उसका रूप-सौन्दर्य, उसके नयन-नक़्श, उसकी देह-यष्टि और उसकी चमक-दमक, सब कुछ अनुपम एवं विलक्षण है। सच कहता हूं कि ऐसी रूपशीलसम्पन्न और गुणवती पत्नी भाग्यशाली को ही मिलती है।''

हंसते और सिर हिलाते हुए शेखर बाहर निकल लिया।

पच्चीस-छब्बीस वर्ष का यह युवक एम.ए. पास करने के बाद आगे की अपनी पढ़ाई जारी रखे हुए है। पिछले साल वह अटार्नी बन गया है। इसके पिता नवीनचन्द्र ने गुड़ के व्यापार में ख़ूब कमाया है और अब घर बैठकर ही साहूकारी करते हैं। इनका तिमंज़िला मकाल महल्ले में सबसे ऊंचा और सबसे शानदार है। शेखर का बड़ा भाई अविनाशचन्द्र वकील है। गुरुचरण के मकान की छत नवीनचन्द्र के महल की छत से सटी हुई है। दोनों

घरों की औरतें छत पर से ही एक-दूसरे से बतियाती रहती हैं। इसलिए दोनों परिवारों में सौहार्द्रपूर्ण सम्बन्ध हैं।

:2:

श्यामबाज़ार के एक समृद्ध परिवार में शेखर के विवाह की बातचीत चल रही थी। शेखर को देखने के लिए आये कन्यापक्ष वाले आगामी माघ महीने में विवाह सम्पन्न कराने के पक्ष में थे, किन्तु शेखर की मां ने महरी से कहलवा भेजा कि लड़की को देखने के बाद ही लड़का अपने निर्णय से सूचित करायेगा। भारी दहेज की आशा लिये नवीनचन्द्र को अपनी पत्नी का यह आचरण पसन्द नहीं आया। वह बोले, "लड़की तो देखी-भाली है, बात अभी पक्की कर लो, आशीर्वाद वाले दिन फिर जी-भरकर देख लेना।" किन्तु गृहिणी के सहमत न होने के कारण बात पक्की नहीं हो सकी, इसलिए क्रोध में आये नवीनचन्द्र ने एक तो दोपहर का भोजन देर में किया, दूसरे, उन्होंने आराम भी बाहर की बैठक में किया।

शौक़ीन-मिजाज़ शेखर तीसरी मंजिल के अपने कमरे को ख़ूब सजाकर रखता है। पांच-छह दिनों बाद, दोपहर में लड़की देखने के लिए सजा-धजा शेखर दर्पण के सामने खड़ा था कि भीतर आकर कुछ देर तक चुपचाप खड़ी ललिता ने पूछा, "क्या बहू देखने जा रहे हो?"

शेखर बोला, "चलो, अच्छा हुआ, जो तुम आ गयीं। अब मुझे इस प्रकार सजा दो कि मैं बहू को पसन्द आ जाऊं।"

ललिता बोली, "शेखर भैया! अभी मुझे फ़ुरसत नहीं है। मैं इस समय तुमसे रुपये लेने आयी हूं।" कहकर उसने तकिए के नीचे से चाबियों का गुच्छा निकाला, दराज़ खोला और गिनकर रुपये निकाल लिये। फिर मन-ही-मन बोली, 'रुपये तो हमेशा ले जाती हूं, पता नहीं, कभी चुका भी सकूंगी या नहीं?'

ललिता की फुसफुसाहट को सुनकर शेखर बोला, "चिन्ता काहे की,

रुपये तो साथ-साथ चुक रहे हैं।''

कुछ न समझ पाने के कारण ललिता शेखर के चेहरे पर देखती रही। शेखर बोला, ''हैरान काहे को हो रही है, क्या कुछ भी नहीं समझीं?''

सिर हिलाकर ललिता बोली, ''नहीं, बिल्कुल नहीं।''

''अच्छा, अपने को थोड़ा बड़ी होने दो, सब कुछ अपने आप समझ जाओगी।''

रात में कोच पर चुपचाप लेटे शेखर ने अपने कमरे में मां को आया देखा, तो वह उठकर बैठ गया। चौकी पर बैठने के बाद मां ने पूछा, ''क्या लड़की पसन्द आयी?''

पचास वर्षीया शेखर की मां भुवनेश्वरी पैंतीस-छत्तीस से अधिक की नहीं लगती। वह जितनी बाहर से सुन्दर है, उतनी ही भीतर से करुणा और ममता की मूर्ति है। गांव में उत्पन्न होने पर भी इस स्त्री ने शहर के आचार-व्यवहार को इस प्रकार अपना लिया है कि आश्चर्यचकित रह जाना पड़ता है। फिर भी, इसने गांव की सरलता, मधुरता तथा आत्मीयता को नहीं छोड़ा है। शेखर अपनी मां के विलक्षण गुणों पर किस प्रकार मुग्ध है, भुवनेश्वरी को इसकी कोई जानकारी नहीं है। शेखर को भगवान् से उत्तम स्वास्थ्य, सुपुष्ट शरीर, तीक्ष्ण बुद्धि, विवेक और रूप-सौन्दर्य आदि न जाने क्या-क्या मिला है, किन्तु वह भगवान् के प्रति सबसे अधिक इस बात के लिए कृतज्ञता प्रकट करता है कि उसने उसे ऐसे दिव्य गुणों वाली मां के उदर से उत्पन्न किया है।

शेखर ने उत्तर दिया, ''बहुत अच्छी है।''

मां बोली, ''क्या मतलब?''

आंखें झुकाकर शेखर बोला, ''मां! बता तो दिया।''

हंसते हुए भुवनेश्वरी बोली, ''कहां बताया, अच्छा बहू का रंग कैसा है? क्या अपनी ललिता के रंग-जैसा है?''

मुंह ऊपर उठाकर शेखर बोला, ''मां! ललिता तो सांवली है, उसका रंग अधिक साफ़ है।''

''मुंह और आंखें कैसी हैं?''

''बुरी नहीं हैं।''

''तुम्हारे बाबूजी से बात आगे बढ़ाने की कह दूं?''

शेखर चुप हो गया। कुछ देर चुप रहने के बाद मां ने सहसा पूछा, ''लड़की कितनी पढ़ी-लिखी है?''

''यह सब तो मैंने पूछा नहीं.''

मां बोली, ''आजकल तुम लोगों की दृष्टि में सर्वाधिक महत्त्वपूर्ण समझी जाने वाली बात तुमने पूछी ही नहीं।''

हंसकर शेखर बोला, ''मां! यह पूछना, तो सूझा ही नहीं।''

हैरानी से शेखर के मुंह पर ताकते और मुसकराते हुए भुवनेश्वरी बोली, ''इसका अर्थ है कि तुझे इस लड़की से विवाह नहीं करना है।'' कुछ कहने जा रहा शेखर ललिता के आ जाने से चुप हो गया। अपने पीछे आकर चुपचाप खड़ी ललिता को अपनी ओर खींचते हुए भुवनेश्वरी बोली, ''बोल बिटिया! क्या कहना चाहती हो?''

चुपके से ललिता बोली, ''मां! कुछ भी नहीं।''

ललिता पहले भुवनेश्वरी को 'मौसी' कहकर पुकारती थी, किन्तु भुवनेश्वरी उससे बोली थी, ''मैं तुम्हारी मौसी नहीं, मां हूं। उस दिन से ललिता उसे मां कहकर पुकारती है। ललिता को और अधिक अपने पास खींचकर अपनी छाती से लगाते हुए भुवनेश्वरी बोली, ''कोई काम नहीं, तो क्या यहां मेरी खोज-ख़बर लेने आयी हो?''

ललिता के चुप रहने पर शेखर बोला, ''यहां खड़ी रहोगी, तो रसोई कब तैयार करोगी?''

मां ने कहा, ''यह रसोई क्यों बनायेगी?''

''तो इनके यहां रसोई कौन बनायेगा? उस दिन इसके मामा ने ही तो यह बताया था कि रसोई ललिता बनाती है।''

हंसते हुए मां बोली, ''इसके मामा को क्या पता कि क्या कहना चाहिए और क्या नहीं? उसके मुंह में जो आया, उसने वह कह दिया। इसका अभी विवाह ही कहां हुआ है, जो इसके हाथ की बनी रसोई कोई खाये। मैंने अपनी मिसरानी को वहां रसोई बनाने के लिए भेज दिया है। हमारी रसोई बड़ी बहू

बना रही है, आजकल दोपहर का खाना मैं वहीं खाती हूं।''

शेखर समझ गया कि उसकी मां ने इस दुखी परिवार का भार अपने ऊपर ले लिया है, इसलिए वह काफ़ी प्रसन्न हो उठा।

एक महीने बाद, एक दिन शाम के समय कोच पर लेटा शेखर अंगरेजी का उपन्यास पढ़ रहा था कि कमरे में आयी ललिता तकिए के नीचे से चाबियों का गुच्छा निकालकर दराज़ खोलने लगी।

पुस्तक पर दृष्टि गड़ाये शेखर ने पूछा, ''यह क्या कर रही हो?''

''रुपये ले रही हूं।''

''हूं'' कहकर शेखर पुनः पढ़ने में खो गया। आंचल में रुपये बांधकर जाती हुई ललिता पर शेखर की दृष्टि पड़ी, तो उसे वह सजी-धजी लगी। शेखर का ध्यान अपनी ओर खींचने की ग़रज़ से बोली, ''शेखर भैया! दस रुपये लेकर जा रही हूं।''

शेखर ने फिर भी उसकी ओर न देखा। उसका ध्यान अपनी ओर खींचने के लिए ललिता कमरे के सामान को यहां-वहां करने लगी, किन्तु फिर भी अनुकूल परिणाम नहीं निकला। वह बाहर चल दी, किन्तु उसके पैर आगे न बढ़ सके। वह आज सबके साथ थिएटर जाने के समाचार को पचा नहीं पा रही थी, इसके लिए उसे शेखर की आज्ञा अपेक्षित थी। बिना शेखर की आज्ञा के वह जा नहीं सकती थी और शेखर को इस बात का कोई आभास नहीं था। अतः विवश होकर दरवाज़े की ओट में खड़ी ललिता धीमी आवाज़ में बोली, ''आज हम लोग थिएटर देखने जा रहे हैं।''

उसकी धीमी आवाज़ न सुन पाने के कारण शेखर ने कोई उत्तर नहीं दिया। ललिता थोड़ी ऊंची आवाज़ में बोली, ''सब मेरी प्रतीक्षा कर रहे हैं।''

सुनकर और पुस्तक को सामने से हटाकर शेखर बोला, ''हां, क्या बात है?''

थोड़ा रूठने का अभिनय करते हुए ललिता बोली, ''इतनी देर से चिल्ला रही हूं, अब आपको सुनाई दिया। हम लोग थिएटर देखने जा रहे हैं।''

''हम लोग कौन?''

''मैं, अन्नकाली, चारुबाला का भाई, उसके मामा...''

''यह मामा कौन है?''

''मामा का नाम है—गिरीन्द्र बाबू। मुंगेर में बी.ए में पढ़ रहे हैं। पांच दिन हुए यहां आये हैं, अच्छे आदमी हैं।''

''वाह, तुमने तो उनका नाम, धाम, काम-धन्धा सब मालूम कर रखा है। लगता है, तुमने उनसे ख़ूब परिचय बढ़ा लिया है। इसीलिए शायद तुम्हें चार-पांच दिनों से चुटिया बांधने की फ़ुरसत नहीं मिली। शायद ताश खेलने में व्यस्त रहे होंगे?''

शेखर के व्यंग्य वचनों को सुनकर ललिता घबरा उठी। उसने ऐसी स्थिति की कल्पना नहीं की थी। वह चुप खड़ी रही।

''कई दिनों से ताश की मजलिस जम रही होगी?''

झिझकते हुए ललिता बोली, ''चारु ने कहा था।''

''क्या कहा था? अरी, तुम पहले से ही ख़ूब सज-धजकर तैयार होकर आयी हो।'' उसकी ओर देखकर शेखर बोला, ''अच्छा, ठीक है, जाओ।''

ललिता इस कथन के मर्म को समझकर चुपचाप खड़ी रही।

चारुबाला ललिता के बग़ल वाले मकान में रहती है और हमउम्र होने के कारण इसकी सहेली बन गयी है। यह परिवार ब्रह्मसमाजी है। शेखर केवल गिरीन्द्र को छोड़कर और सभी को जानता है। पांच-सात वर्ष पहले गिरीन्द्र कुछ दिनों के लिए कलकत्ता आया अवश्य था, परन्तु अब बांकीपुर में अध्ययनरत होने के कारण उसका यहां आना नहीं हुआ। इसलिए शेखर के दिमाग़ से वह उतर गया। ललिता को अभी तक खड़े देखकर शेखर बोला, ''अब यह नाटक भला किसलिए? जब जाना है, तो जाओ।'' कहकर वह फिर से पुस्तक पढ़ने लगा।

कुछ देर तक चुपचाप खड़े रहने के बाद ललिता ने मृदु स्वर में पुनः पूछा, ''जाऊं?'' ललिता आधा ख़र्च उठाने का ज़िम्मा ले आयी थी, बाकी का आधा ख़र्च चारु के मामा को करना था।

इधर चारु के घर पर सब अधीरता से ललिता की प्रतीक्षा कर रहे थे। समय बीतने के साथ अधीरता का बढ़ना स्वाभाविक था, यह तथ्य उसे काफ़ी परेशान कर रहा था, किन्तु उसके पास इसका कोई इलाज नहीं था। शेखर

की अनुमति की उपेक्षा करके चले जाने का साहस उसमें नहीं था। दो-तीन मिनट बाद वह बोली, ''केवल आज के लिए जाने दीजिये।''

पुस्तक को एक ओर फेंककर शेखर उग्र स्वर में बोला, ''मुझे परेशान क्यों कर रही हो? अपना भला-बुरा सोचने की समझ तुममें है न? जाने का मन है, तो जाओ।''

चौंक पड़ी ललिता के लिए शेखर की डांट-फटकार कोई नया अनुभव नहीं था। फिर भी, पिछले दो-तीन वर्षों में उसका ऐसी उग्रता से परिचय नहीं हुआ था। एक तो वह जाने का मन बना चुकी थी, दूसरे, उसकी सहेलियां उसकी बाट जोह रही थीं, किन्तु रुपये लेने यहां आयी, तो प्रतिकूल स्थिति उत्पन्न हो गयी। अब वह अपनी सहेलियों को क्या स्पष्टीकरण देगी, यह बात उसकी समझ में नहीं आ रही थी।

ललिता को इससे पहले शेखर ने कभी कहीं जाने से मना नहीं किया था, इसलिए उसकी अनुमति को सामान्य औपचारिकता मानकर वह पहले से तैयार होकर आयी थी। कभी कहीं बाहर जाने में कुछ अप्रिय घटा हो, ऐसा भी कुछ नहीं हुआ था। अपने न जाने के कारण—शेखर की अनुमति का न मिलना—की किसी से कहते हुए उसे लज्जा महसूस होती थी। तेरह साल की आयु में इस प्रथम अनुभव से वह अपने को बुरी तरह से अपमानित अनुभव करने लगी। पांच मिनट तक चुपचाप खड़े रहने और आंसू पोंछने के बाद ललिता वहां से चल दी। अपने घर जाकर महरी से उसने अन्नकाली को बुलवाया और उसे दस रुपये थमाते हुए बोली, ''आज तुम लोग चले जाओ, मेरी तबीअत ठीक नहीं है। मैं नहीं चल सकूंगी। अपनी सहेली को बता देना।''

काली ने पूछा, ''दीदी! क्या तबीअत ज़्यादा खराब है?''

''हां, सिर में दर्द हो रहा है और जी भी मिचला रहा है।'' कहकर वह मुंह फेरकर लेट गयी। चारु ने काफ़ी मिन्नत-समाजत की, बहलाया-फुसलाया, यहां तक कि मामी से भी कहलाया, किन्तु ललिता ने न जाना था, वह न गयी।

अन्नकाली को आशंका थी कि कहीं और कोई विघ्न न पड़ जाये और

मनोरंजन का कार्यक्रम धरा-का-धरा न रह जाये। इसलिए वह चारु को एक ओर ले जाकर ललिता द्वारा दिये रुपये दिखाते हुए बोली, ''दीदी की तबीअत ख़राब होने के कारण वह नहीं चल सकती, तो इसका अर्थ यह कदापि नहीं कि हम भी न जायें। चलो, हम चलें।'' चारु समझ गयी और चल दी। वास्तव में, अन्नकाली आयु में छोटी होने पर तीव्रबुद्धि वाली लड़की थी।

: 3:

चारुबाला की मां मनोरमा ताश खेलने की बेहद शौक़ीन अवश्य थी, किन्तु वह इस खेल में कुशल नहीं थी। उसकी इस कमी की पूर्ति इस खेल में अत्यन्त पटु ललिता करती थी। मनोरमा के ममेरे भाई गिरीन्द्र के यहां आ जाने के कारण अब उसके घर दोपहर में ताश की मजलिस जमने लगी थी। गिरीन्द्र-जैसे कुशल खिलाड़ी के मुक़ाबले के लिए ललिता की उपस्थिति मनोरमा के लिए अनिवार्यता बन गयी थी।

दूसरे दिन थिएटर देखने के लिए ललिता के यथासमय मनोरमा के घर न पहुंचने पर मनोरमा ने उसे बुलाने के लिए महरी को भेजा, किन्तु अंगरेजी पुस्तक से अपनी कापी में अनुवाद कार्य में व्यस्त होने के कारण वह न आयी, तो मनोरमा ने उसे बुलाने के लिए फिर उसकी किसी सहेली को भेजा। उसके भी ख़ाली हाथ लौट आने पर स्वयं ललिता के पास गयी मनोरमा ने उसकी कापी को फेंककर कहा, ''इतना पढ़ने में लगी है, क्या तुझे मैजिस्ट्रेट बनना है? ताश तो तुझे खेलना ही होगा, खेलना भी चाहिए, चल उठ, मेरे साथ चल।''

अपने को असन्तुलित अनुभव करते और रोते हुए-सी ललिता बोली, ''आज मेरा मन बिल्कुल नहीं है। हां, कल आ सकती हूं।'' किन्तु मनोरमा ने उसकी एक न सुनी, उसकी मामी से उसे कहलाकर, उसे अपने साथ ले ही गयी और फिर उसे गिरीन्द्र के विरुद्ध ताश खेलना ही पड़ा, किन्तु ललिता का मन उखड़ा होने से खेल जम न सका, इसलिए वह उठ खड़ी हुई। ललिता

को जाते देखकर गिरीन्द्र ने कहा, "कल रात तुमने रुपये तो भिजवाये थे, किन्तु गया कोई नहीं। क्या कल रात चल सकोगी?"

कोमल कण्ठ में ललिता ने उत्तर दिया, "अपनी तबीअत के ख़राब होने के कारण मेरे लिए थिएटर देखने चलना सम्भव नहीं होगा।"

हंसते हुए गिरीन्द्र बोला, "अब तो तुम ठीक लग रही हो, कल चलते हैं।"

"नहीं, नहीं, कल मुझे फ़ुरसत नहीं।" कहते हुए ललिता जल्दी से चलती बनी। शेखर के डर के अतिरिक्त वह स्वयं भी अपने को लज्जित अनुभव करने के कारण खेल में मन नहीं लगा पा रही थी।

इस घर में भी शेखर के घर-जैसा ही ललिता का आना-जाना और परिवारजनों से मेल-जोल है। किसी से किसी प्रकार का कोई पर्दा नहीं है। इसीलिए चारु के मामा के सामने आने में भी उसे किसी प्रकार की लज्जा अथवा संकोच का अनुभव नहीं होता था, किन्तु आज ताश खेलते समय उसे स्पष्ट हो गया कि गिरीन्द्र उसके प्रति अनुरक्ति का भाव रखने लगा है। कई दिनों का परचिय प्रेम में बदलने लगा है। किसी पुरुष का किसी स्त्री के प्रति इस प्रकार अनुरागपूर्ण दृष्टि से देखना स्त्री के लिए कितना अप्रीतिकर हो सकता है, इसकी उसने अब से पहले कभी कल्पना नहीं की थी।

घर पर एक चक्कर लगाने के बाद ललिता झटपट शेखर के घर पहुंची और उसके कमरे में जाकर काम में जुट गयी। बचपन से इस कमरे की साज-संभाल का दायित्व ललिता ने अपने ऊपर ले रखा था। पुस्तकों को झाड़-पोंछकर व्यस्थित ढंग से रखना, दवात, क़लम, काग़ज़ को ठीक तरह से रखना तथा मेज़ की झाड़-पोंछ करना-जैसे सभी काम वही किया करती थी। छह-सात दिन से की गयी लापरवाही से कमरे का काम काफ़ी बढ़ गया था। शेखर के आने से पहले वह सब कुछ ठीक ढंग से व्यस्थित कर देना चाहती थी।

ललिता भुवनेश्वरी को 'मां' कहकर पुकारती थी, उसके पास रह जाती थी और घर के किसी भी सदस्य को ग़ैर नहीं समझती थी। दूसरे लोग भी उसे बेगाना नहीं मानते थे। आठ साल की आयु में मां-बाप को खोने से

अनाथ हुई ललिता मामा के घर आयी थी और तब से शेखर के साथ उसका भाई-बहिन का सम्बन्ध स्थापित हो गया था। शेखर बड़े मनोयोग से उसे पढ़ाता-लिखाता था।

शेखर के ललिता से स्नेह करने से तो सभी परिचित हैं, किन्तु अब यह स्नेह क्या रूप लेने लगा है, इसकी जानकारी किसी दूसरे को तो क्या, स्वयं ललिता को भी नहीं है। ललिता के बचपन से ही शेखर उसे इतना अधिक लाड़-प्यार देता आ रहा है कि किसी के लिए सन्देह करने वाली कोई बात ही नहीं थी। उसके किसी आचरण पर किसी के द्वारा अंगुलि उठाने-जैसा कुछ नहीं लगता था। उसके एक दिन इस घर की बहू बनने की तो कोई सपने में भी कल्पना नहीं कर सकता था। वास्तव में, ऐसा न कभी ललिता के मन में आया था और न ही भुवनेश्वरी के मन था।

ललिता अपना काम समाप्त कर शेखर के आने से पहले ही कमरे से चली जाना चाहती थी, किन्तु काम में खोयी ललिता को समय बीतने का पता ही नहीं चला। दरवाज़े के बाहर से जूतों की आवाज़ सुनकर और सिर उठाकर देखने पर ललिता एक ओर हटकर खड़ी हो गयी।

कमरे में प्रवेश करते ही शेखर बोला, "अच्छा, लौट आयीं। कल रात किस समय घर लौटना हुआ था?"

ललिता ने कोई उत्तर नहीं दिया।

आरामकुर्सी पर बैठकर शेखर बोला, "अरी! बोलती क्यों नहीं? दो बजे लौटीं या तीन बजे? क्या तुम्हारे होठों पर गोंद चिपकी है?"

ललिता ने फिर भी कोई उत्तर नहीं दिया।

बिगड़ते हुए शेखर ने कहा, "जाओ, नीचे चली जाओ। तुम्हें मांजी ने बुलाया है।"

ललिता भण्डार-घर के सामने बैठकर जलपान की तश्तरी सजाती भुवनेश्वरी के पास जाकर खड़ी हो गयी और बोली, "मां! क्या आपने मुझे बुलाया है?"

"नहीं।" कहते हुए वह ललिता के चेहरे पर देखने लगी और बोली, "ललिता! क्या तूने कुछ खाया-पिया नहीं, जो तुम्हारा चेहरा इस प्रकार सूखा

हुआ है?''

ललिता ने सिर हिलाकर ''नहीं'' खाने का संकेत दे दिया।

भवुनेश्वरी बोली, ''अच्छा, भैया को जलपान कराकर मेरे पास आ जा।''

तश्तरी हाथ में लेकर कमरे में पहुंची ललिता ने देखा कि शेखर ऑफ़िस के कपड़े बदले बिना ही, आंखें मीचे आरामकुर्सी पर लेटा ऊंघ रहा है। उसके समीप पहुंचकर ललिता धीरे-से बोली, ''आपके लिए जलपान लायी हूं।''

बिना आंखें खोले और ललिता की ओर बिना देखे शेखर बोला, ''कहीं पर रख दो।''

ललिता तश्तरी हाथ में लिये खड़ी रही। बिना आंखें खोले भी शेखर को ललिता के खड़े होने का पता लग रहा था, इसीलिए वह बोला, ''मुझे अभी जलपान करने में देर है। तुम कब तक इस प्रकार खड़ी रहोगी? तश्तरी रखकर नीचे चली जाओ।''

मन-ही-मन कुढ़ते और तिलमिलाते हुए ललिता विनम्रता से बोली, ''मुझे न कोई जल्दी है और न ही नीचे कोई काम है।''

आंखें खोलकर शेखर बोला, ''चलो, मुंह तो खुला। नीचे का न सही, घर में तो कुछ करने को होगा? क्या वहां भी कोई काम न होगा, तो बग़ल वाले घर में होगा, तुम्हारा कोई एक घर थोड़े है।''

''हां, यह ठीक है।'' कहती, क्रोध से उबलती, तश्तरी को मेज़ पर पटकती और न जाने क्या बड़बड़ाते हुए ललिता कमरे से बाहर चल दी।

शेखर उच्च स्वर में बोला, ''शाम को थोड़ी देर के लिए आना।''

''बार-बार ऊपर-नीचे चक्कर लगाना मुझे अच्छा नहीं लगता।'' कहते हुए वह चलती बनी।

ललिता के नीचे पहुंचने पर भुवनेश्वरी बोली, ''भैया के लिए पान तो तू ले ही नहीं गयी।''

''मां! मुझे भूख लगी है, पान किसी और के हाथ भिजवा दो।'' कहते हुए वह धम् से धरती पर बैठ गयी। ललिता के कुम्हलाये चेहरे को देखकर

भुवनेश्वरी बोली, ''कोई बात नहीं, तू कुछ खा-पी ले। पान महरी दे आयेगी।''

ललिता खाने बैठ गयी। उसे दु:ख था कि थिएटर न जाने पर भी उसे शेखर की डांट खानी पड़ रही है। इस कारण वह शेखर का सामना करने से कतरा रही थी, जबकि उसकी अनुपस्थिति में उसके कमरे को सजाने-संवारने का सारा काम ठीक ढंग से करती रही थी।

: 4 :

कभी-कभार इस महल्ले में भीख मांगने के लिए आने वाले एक बूढ़े भिखारी के प्रति ललिता की विशेष सहानुभूति थी। इसीलिए वह उसे एक रुपया दे दिया करती थी और बदले में वह भिखारी उसे बड़े ऊंचे-ऊंचे आशीर्वाद देता था, जिन्हें सुनना ललिता को बहुत अच्छा लगता था। वह कहता था कि ललिता को देखते ही वह उसे पहचान गया था; क्योंकि पिछले जन्म में वह उसकी मां थी। आज भी सुबह-सवेरे द्वार पर आ पहुंचा वृद्ध आवाज़ देने लगा, ''मां! कहां हो?''

अपने बेटे की आवाज़ सुनकर ललिता परेशान हो उठी; क्योंकि रुपया लेने के लिए कमरे में जाना था और वहां शेखर उपस्थित था। कुछ सोचकर वह मामी के पास गयी। उसकी मामी महरी की डांट-डपट करके रसोई बनाने लगी थी, इसलिए उसे मामी से भी मांगना ठीक नहीं लगा। इधर भिखारी धरना देने की मुद्रा में जमकर बैठ गया था। आज तक कभी उसे निराश न करने वाली ललिता आज भी ख़ाली हाथ लौटाना नहीं चाहती थी।

भिखारी के द्वारा दोबारा आवाज़ लगाये जाने पर दौड़कर अन्नकाली ललिता से बोली, ''दीदी! तुम्हारा यजमान आया है।''

ललिता बोली, ''काली! मेरा एक काम कर दे। दौड़कर जा और शेखर भैया से एक रुपया ले आ।''

दौड़कर गयी काली ने रुपया लाकर ललिता को थमा दिया।

ललिता ने पूछा, ''क्या शेखर भैया ने कुछ पूछा था?''

काली बोली, "नहीं, उन्होंने अचकन की जेब से निकाल लेने को कहा और मैं निकाल लायी।"

"क्या उन्होंने कुछ नहीं पूछा?"

"नहीं।" कहते और गर्दन हिलाते हुए अन्नकाली चल दी।

ललिता ने रुपया देकर भिखारी को विदा किया, किन्तु आज खड़ी रहकर उसके आशीर्वचनों को सुनने का उसका मन न हुआ।

मनोरमा के घर ताश की बैठक पूरे उत्साह से जमती है, किन्तु आज दोपहर को ललिता वहां नहीं गयी, सिरदर्द का बहाना करके लेटी रही। आज उसका मन सचमुच काफ़ी ख़राब था। शाम को उसने काली से पूछा, "क्या वह शेखर भैया से पढ़ने जाती है?"

काली के "हां" कहने पर ललिता बोली, "क्या वह कभी मेरे विषय में नहीं पूछते?"

"नहीं, हां, हां, परसों पूछ रहे थे कि तुम वहां ताश खेलने जाती हो या नहीं?"

परेशान हुई ललिता ने पूछा, "तूने क्या बताया?"

"मैंने कह दिया कि तुम चारु दीदी के यहां दोपहर को ताश खेलने जाती हो। इस पर शेखर भैया ने पूछा—वहां कौन-कौन खेलता है, तो मैंने बताया—चारु, सहेली मां, तुम और चारु के मामा। फिर उन्होंने पूछा—चारु के मामा अच्छा खेलते हैं या ललिता अच्छा खेलती है? मैंने बताया—सहेली मां तो कहती है कि दीदी अच्छा खेलती है। मैंने कुछ ग़लत तो नहीं कहा?"

ललिता नाराज़ होकर काली को डांटते हुए बोली, "तुझे इतनी बक-बक करने की क्या आवश्यकता थी? क्या सभी मामलों में तेरा टांग अड़ाना आवश्यक है?" यह कहकर अपनी नाराज़गी जतलाते हुए ललिता चल दी। ललिता के व्यवहार में आये इस परिवर्तन के कारण को काली समझ न सकी।

दो दिन से मनोरमा के यहां ताश का खेल बन्द होने के कारण ललिता का वहां जाना नहीं होता। इधर ललिता को देखने के बाद से ही गिरीन्द्र उस पर आसक्त हो गया है, इसकी भनक मनोरमा को भी पड़ गयी है। ललिता को

न देख सकने के कारण गिरीन्द्र काफ़ी उदास हो गया था, यहां तक कि शाम को भी घूमने के लिए घर से बाहर नहीं निकलता। सारा दिन घर में ही पड़ा रहता है। काफ़ी परेशान-सा लगता गिरीन्द्र मनोरमा से बोला, "दीदी! क्या आज भी ताश की महफ़िल नहीं जमेगी?"

मनोरमा बोली, "खेलने वालों के बिना खेल जमता हो, तो हो जायेगा। अच्छा, आओ, हम तीनों ही बैठकर खेलते हैं।"

निरुत्साहित हुआ गिरीन्द्र बोला, "क्या तीन जनों में भी कभी खेल होता है। दीदी! ललिता को क्यों नहीं बुला लेतीं?"

"वह नहीं आयेगी।"

उदास और खिन्न हुए गिरीन्द्र ने व्यग्र होकर पूछा, "वह क्यों नहीं आयेगी? क्या उसके घरवालों ने उसे यहां आने से मना कर दिया है?"

"नहीं, उसके घरवाले ऐसे नहीं हैं, किन्तु वह स्वयं ही आने को इच्छुक नहीं।"

थोड़ा प्रसन्न होकर गिरीन्द्र बोला, "तुम स्वयं उसे बुलाने चली जाओगी, तो वह इनकार नहीं करेगी।" कहने को तो गिरीन्द्र ने कह दिया, किन्तु अब वह अपनी धृष्ठता पर लज्जित अनुभव करने लगा।

"अच्छी बात है, मैं ही जाती हूं।" कहकर मनोरमा चल दी और थोड़ी देर में ललिता को लेकर आ गयी। ताश का खेल शुरू हो गया।

दो दिन तक बन्द रहने के बाद आज शुरू हुए खेल को जमते देर नहीं लगी। ललिता निरन्तर जीत रही थी।

दो घण्टे बाद, काली ने ललिता को शेखर द्वारा जल्दी बुलाये जाने का सन्देश दिया, तो एकदम उदास और दुखी हुई ललिता ने पूछा, "क्या आज शेखर भैया ऑफ़िस नहीं गये?"

"क्या मालूम, जाकर लौट आये हों?" कहते हुए काली चली गयी। खेल को वहीं छोड़कर ललिता सहेली मां को सम्बोधित करते हुए बोली, "जाती हूं।"

मनोरमा ने और दो बाज़ी खेलने के बाद जाने का अनुरोध किया, किन्तु ललिता उसके कथन को अनसुना करके उठ खड़ी हुई और बोली, "सहेली

मां! अनावश्यक देर करने से वह बहुत नाराज़ होंगे।'' कहते और शीघ्रता से क़दम बढ़ाते हुए वह चल दी।

गिरीन्द्र ने पूछा, ''दीदी! यह शेखर भैया कौन हैं?''

मनोरमा बोली, ''सामने फाटक वाले बड़े मकान में रहते हैं।''

''क्या मकान-मालिक नवीन बाबू इनके कोई सम्बन्धी हैं?''

मुसकराते हुए मनोरमा बोली, ''रिश्तेदारी काहे की? नवीन बाबू तो इनके पुश्तैनी मकान को हड़पने की जुगाड़ में हैं।''

गिरीन्द्र के चकित होने पर उसे पूरी घटना का विवरण सुनाते हुए मनोरमा बोली, ''पिछले साल गुरुचरण को अपनी मझली लड़की के विवाह का ख़र्च जुटाने के लिए अपने पुश्तैनी मकान को नवीन बाबू के पास गिरवी रखकर भारी ब्याज पर ऋण लेना पड़ा। अब इस ऋण को चुकाना कभी सम्भव नहीं, जिसका अर्थ देर-अबेर इस मकान पर नवीन बाबू का अधिकार हो जाना है।''

इस क़िस्से को सुनाने के बाद अपनी राय ज़ाहिर करते हुए मनोरमा बोली, ''गुरुचरण की अपनी लड़कियों के अतिरिक्त उसकी भांजी ललिता भी है। बेचारी के मां-बाप नहीं हैं। वह भी विवाह के योग्य है। इस वर्ष उसका भी उद्धार हो जाना चाहिए। इसके सम्बन्धियों में कोई सहायता करने वाला नहीं है, सभी खाने-पीने वाले मजनूं हैं। गिरीन्द्र! भगवान् की कृपा से हम इन लोगों से बहुत अच्छे हैं।''

गिरीन्द्र के चुप रहने पर अपनी बात जारी रखते हुए मनोरमा बोली, ''उस दिन ललिता का ज़िक्र छिड़ने पर, उसकी मामी मेरे आगे आंसू बहाते हुए बोली, ''पता नहीं, इन देवियों का कैसे उद्धार होगा? इनकी चिन्ता में घुले मेरे पति का तो खाना-पीना हराम हो गया है। अच्छा गिरीन्द्र! क्या मुंगेर में, तेरे मित्रों में कोई ऐसा नहीं, जो लड़की के रूप और गुणों को देखकर बिना लेन-देन के विवाह कर ले। लड़की लाखों में एक है, ऐसी लड़की का मिलना दुर्लभ है।''

उदास हंसी हंसते हुए गिरीन्द्र बोला, ''दीदी! मैं किसी ऐसे मित्र की बात तो नहीं करता, किन्तु हां, रुपये-पैसे की सहायता से इनका काम सरल

होता हो, तो मैं हाज़िर हूं।''

अपने डॉक्टर पिता द्वारा छोड़ी विशाल सम्पत्ति और धरती का गिरीन्द्र एकमात्र उत्तराधिकारी है।

मनोरमा ने पूछा, ''क्या तू उन्हें रुपया उधार दे सकता है?''

''दीदी! क्यों नहीं? रुपया दे दूंगा, चुका सकेंगे, तो ठीक है और नहीं चुका सकेंगे, तो भी कोई बात नहीं।''

आश्चर्य में पड़ी मनोरमा ने पूछा, ''इन्हें रुपया देने से तुझे क्या लाभ होगा? ये लोग न तो हमारे सगे-सम्बन्धी हैं और न ही जात-बिरादरी के हैं। ऐसे, बिना कारण, कोई किसी को रुपया-पैसा नहीं देता।''

मनोरमा की ओर देखकर हंसते हुए गिरीन्द्र बोला, ''ये लोग हमारी जात-बिरादरी के नहीं हैं, तो क्या हुआ? उन्हें सख़्त ज़रूरत है और मेरे पास फ़ालतू पड़ा है। चाहो, तो एक बार उनसे पूछ लो। यदि वह राज़ी हों, तो ललिता के विवाह का सारा ख़र्च मैं उठाने को प्रस्तुत हूं। जैसे ललिता उनकी कोई नहीं, वैसे ही वह मेरी भी कोई नहीं।''

गिरीन्द्र के प्रस्ताव को सुनकर मनोरमा को विशेष प्रसन्नता नहीं हुई। यद्यपि इस लेन-देन में उसका कुछ आता-जाता नहीं था, तथापि एक अपरिचित किसी दूसरे अपरिचित को इतनी बड़ी धनराशि यों ही दे दे, यह बात उसके गले के नीचे नहीं उतर रही थी।

चुपचाप बैठी और सब सुनती हुई चारु उछल पड़ी और बोली, ''हां, मामा, ऐसा शुभ कर्म करने में सोच और देर कैसी? क्या मैं जाकर ललिता की मामी को कह आऊं?''

मनोरमा ने डांटकर चारु को यह कहकर चुप करा दिया कि बच्चों को बड़ों की बातों में दख़ल नहीं देना चाहिए। कहना होगा, तो किसी दिन मैं स्वयं उन्हें सब कह आऊंगी।

गिरीन्द्र बोला, ''दीदी! अवश्य कहना। परसों रास्ते में खड़े-खड़े मेरी गुरुचरण से मुलाक़ात हुई थी। बातचीत से तो वह बहुत सीधे-सादे आदमी लगते हैं। दीदी! तुम्हें वह कैसे लगते हैं?''

''मैं क्या, सभी महल्ले वालों को मालूम है कि दोनों—पति-पत्नी—बेहद

नेक और शरीफ़ हैं। ऐसे भले लोगों के निराश्रय होने की कल्पना मात्र से ही दु:ख होता है। शेखर बाबू का नाम सुनते ही ललिता का दौड़ पड़ना क्या भलमानसहत का सबूत नहीं? घर के सभी लोग, मानो उनके हाथों बिके हुए हैं। लेकिन ये लोग कितनी भी विनम्रता क्यों न दिखायें, नवीनराय अपनी शैतानी से बाज़ नहीं आयेंगे।''

गिरीन्द्र बोला, ''दीदी! उन लोगों से कहोगी नहीं?''

''यदि तू अपने रुपयों से किसी का उपकार करने पर तुला ही है, तो फिर मुझे बताने में क्या आपत्ति है? हां, ज़रा यह तो बता कि इसमें तेरा क्या लाभ है?''

''क्या किसी के दु:ख व कष्ट में सहायता करने के लिए अपने लाभ की चिन्ता करना आवश्यक है?'' कहकर वह थोड़ी देर के लिए बाहर चला गया, किन्तु तत्काल लौट आया और चुपचाप बैठ गया।

मनोरमा बोली, ''अब और क्या कहना है तुझे?''

''जीजी! इनकी निर्धनता नाटक भी तो हो सकती है?''

''वह कैसे?''

''ललिता को ख़र्च करते देखकर ऐसा कुछ नहीं लगता कि इन्हें रुपये-पैसे की कोई चिन्ता है। उस दिन थिएटर जाने का कार्यक्रम बनाया गया था, तो स्वयं न जाने पर भी ललिता ने अपने बहिन के हाथ दस रुपये भिजवा दिये। चारु से पूछो, महीने में बीस-पच्चीस रुपये ख़र्च करना, तो उसके लिए मामूली बात है।''

मनोरमा इस पर विश्वास न कर सकी।

चारु बोली, ''यह सच है मां। दोनों बहिनें बचपन से शेखर भैया की अलमारी खोलकर रुपये निकाल लाती हैं। उन्हें कोई रोकता नहीं।''

सन्देह करते हुए मनोरमा ने पूछा, ''क्या शेखर बाबू को इन लड़कियों द्वारा रुपये निकालने की जानकारी है?''

''पूरी जानकारी है। उनके सामने ही तो निकालती हैं। पिछले महीने ही अन्नकाली ने अपनी गुड़िया का विवाह किया था। क्या सारा ख़र्च सहेलियों ने जुटाया था?''

हैरानी से मनोरमा बोली, "क्या मालूम? हां, इतना पक्का है कि बेटे बाप की तरह कंजूस नहीं हैं। मां से प्रभावित होने के कारण वे दयालु और उदार हैं। साथ ही ललिता भी बहुत अच्छे स्वभाव की लड़की है। बचपन से इस परिवार में रही है और शेखर को भैया कहती ही नहीं, अपितु भैया मानती भी रही है। इसलिए ममता का हो जाना अस्वाभाविक नहीं। अच्छा, तुझे पता होगा कि अगले महीने शेखर का विवाह होने वाला है और बूढ़े की तिजोरी भरने वाली है।"

चारु बोली, "हां, मां! अगले माघ महीने में विवाह सम्पन्न होना निश्चित हुआ है।

: 5:

गुरुचरण का स्वभाव ऐसा है कि किसी भी आयु के आदमी को उससे घुल-मिल जाने और तालमेल बढ़ाने में किसी प्रकार का कोई संकोच नहीं होता। इसी का परिणाम है कि गिरीन्द्र के साथ दो दिन में ही उसकी घनिष्ठता बढ़ गयी है। गुरुचरण के मन में दृढ़ता का अभाव होने के कारण किसी विषय में हार जाने पर भी उसे कोई विशेष दु:ख नहीं होता।

आज शाम को गुरुचरण ने गिरीन्द्र को चाय पर बुला रखा था। ऑफ़िस से उनके लौटते समय प्राय: दिन छिप जाया करता था और वह ललिता को आवाज़ देते हुए पूछा करते थे कि चाय तैयार हुई या नहीं? इसके बाद वह काली को आवाज़ देकर उसे अपने गिरीन्द्र मामा को बुला लाने को कहते और फिर गिरीन्द्र के आ जाने पर दोनों एक साथ चाय पीते।

आड़ में बैठी ललिता प्राय: गुरुचरण और गिरीन्द्र में होने वाली बातचीत को सुना करती थी। उस दिन गिरीन्द्र की युक्तियों में सौ गुना अधिक तार्किकता और विश्वसनीयता थी। बातचीत का विषय प्राय: आधुनिक समाज और आज का मनुष्य होता था। समाज की हृदयहीनता, निरन्तर बढ़ रहे उपद्रव और अत्याचार आदि विषयों पर खुलकर चर्चा होती थी। इस चर्चा में आज

के लोगों के स्वार्थपूर्ण एवं घृणित व्यवहार का ख़ाका खींचा जाता था और यह सब गुरुचरण को अपनी विचारधारा के अनुकूल लगता था। इसीलिए वह प्राय: कहा करता था, "कौन अपनी लड़कियों का यथासमय अच्छे लड़कों से विवाह करना नहीं चाहता, किन्तु यह सम्भव हो, तो कैसे हो? समाज लड़की की आयु पर ध्यान देता है, किन्तु लड़की के पिता अथवा अभिभावक के सामर्थ्य की ओर कोई ध्यान नहीं देता। अब मुझे ही देखो, एक लड़की के विवाह में ही घर गिरवी रखना पड़ा है। दो दिन बाद बच्चों को लेकर सड़क पर ही अपना आशियाना बनाना होगा और भीख मांगकर बाल-बच्चों का पेट भरना होगा। इस स्थिति में समाज हमें आश्रय देने की अथवा हमारे पुन: स्थापन की चिन्ता कदापि नहीं करेगा।"

गिरीन्द्र को चुपचाप सुनते देखकर गुरुचरण बोला, "ऐसे समाज को अपनाने अथवा उसमें बने रहने का क्या लाभ है? किसी दूसरे समाज में जाने से पेट भरने की समस्या का भले ही समाधान न हो, दूसरों की निन्दा अथवा आलोचना तो नहीं झेलनी पड़ेगी। व्यक्ति के दु:ख को दु:ख न समझने वाले तथा संकट में साहस न बंधाने वाले समाज को अपना समाज कैसे कहा जा सकता है? जिस समाज में ग़रीबों के लिए कोई स्थान नहीं, केवल बड़े और धनी लोगों से सरोकार रखने वाले ऐसे समाज से जुड़े रहने से, भला मुझ-जैसे साधारण आदमी का क्या भला हो सकता है?" लम्बी आह भरकर गुरुचरण चुप हो गया।

अपने मामा और दूसरे लोगों द्वारा प्रस्तुत युक्तियों और तर्कों को ललिता केवल सुनती ही नहीं थी, अपितु रात को बिस्तर पर लेटी, नींद न आने तक इन सब पर विचार भी करती रहती थी। प्रत्येक तर्क उसके मन और मस्तिष्क पर अपनी छाप छोड़ जाता था। मन-ही-मन वह गिरीन्द्र की युक्तियों और तर्कों की व्यावहारिक उपयोगिता के लिए उसकी ख़ूब प्रशंसा किया करती थी।

ललिता अपने मामा से असीम स्नेह करती थी। मामा के पक्ष में गिरीन्द्र द्वारा प्रस्तुत मन्तव्यों को वह सत्य समझती थी। अपने लिए मामा की व्यग्रता को देखकर, उसे मामा के प्रति गहरी सहानुभूति होती थी। अपने ही कारण

बेचारे मामा की खाने-पीने में रुचि न जानकर वह भावुक हो उठती और सोचती कि उसे आश्रय देने के कारण वह कितने दु:ख भोग रहे हैं, किन्तु उसे यह समझ नहीं आता था कि मामा किसलिए अपने समाज को छोड़ने और किसी दूसरे समाज को अपनाने की बात कर रहे हैं? यदि कहीं आज मेरा विवाह हो जाता है और कल विधवा होने पर मुझे मामा के यहां लौटना पड़ता है, तब तो मामा को समाज छोड़ने की आवश्यकता नहीं पड़ेगी? फिर इन दोनों स्थितियों में क्या अन्तर है? इसी प्रकार गिरीन्द्र के कथन पर ललिता नींद न आने तक विचार करती तथा परिणाम के विषय में सोचते हुए आंखें मिचने पर सो जाती।

वास्तव में, अपने मामा के प्रति सहानुभूति तथा उदारता दिखाने वाले किसी भी व्यक्ति के प्रति ललिता सम्मान का भाव रखती थी। अपनी इस सहज वृत्ति के कारण ही वह गिरीन्द्र का भी आदर करने लगी थी तथा अपने मामा की भांति प्रतिदिन सायंकाल चाय पीने के लिए उसके आने की उत्सुकता से प्रतीक्षा करने लगी थी।

गिरीन्द्र ललिता के लिए 'आप' सर्वनाम का प्रयोग करता था, जिस पर आपत्ति जतलाते हुए गुरुचरण ने 'तुम' शब्द के प्रयोग का सुझाव दिया, तो गिरीन्द्र उसे तुम कहकर पुकारने लगा।

एक दिन गिरीन्द्र ने ललिता से पूछा, "क्या तुम चाय नहीं पीतीं?"

ललिता के सिर नीचा करके गर्दन हिलाने पर गुरुचरण बोला, "शेखर भैया ने इसे चाय पीने से मना कर रखा है। उन्हें लड़कियों का चाय पीना अच्छा नहीं लगता।"

ललिता समझ गयी कि गिरीन्द्र को कारण जानकर प्रसन्नता नहीं हुई। अन्य दिनों की अपेक्षा शनिवार को बैठक अधिक समय तक जमती थी, किन्तु आज गुरुचरण का मन बातचीत में नहीं लग रहा था, उसका मन काफ़ी उचाट दिखता था। गिरीन्द्र इस तथ्य क़ो जानकर बोला, "आज आपकी तबीअत ख़राब लगती है?"

हुक़्क़े को परे हटाते हुए गुरुचरण बोला, "क्यों, मेरी तबीअत को क्या हुआ है?"

सकुचाते हुए गिरीन्द्र ने पूछा, "कहीं ऑफ़िस में तो... ?"

"नहीं, ऐसी कोई बात नहीं।" कहते हुए गुरुचरण उठ तो बैठा, किन्तु यह न समझ सका कि उस भले आदमी के लिए अपने मन की बेचैनी को छिपाना सम्भव नहीं हो रहा है।

पहले मामा और गिरीन्द्र की बातचीत में बिल्कुल न बोलने वाली ललिता अब कभी-कभार बीच-बीच में कुछ बोल दिया करती थी। वह बोली, "मामा! मुझे भी तुम्हारी तबीअत कुछ नरम लगती है।"

हंसते हुए और उठकर बैठते हुए गुरुचरण बोला, "बिटिया! तुम ठीक कहती हो, आज सचमुच मेरी तबीअत ठीक नहीं है।" इस पर दोनों—ललिता और गिरीन्द्र—उसके चेहरे पर देखने लगे।

गुरुचरण बोला, "वास्तव में, बात यह है कि सारी बात जानने के बाद नवीन भाई ने रास्ते में आज मुझे ख़ूब खरी-खोटी सुनायी है। सोचता हूं, तो लगता है कि इसमें उनका भी क्या क़ुसूर है? छह महीने हो गये हैं, अभी तक मूल चुकाना तो दूर रहा, मैंने ब्याज की एक कौड़ी भी नहीं चुकायी।" ललिता ने स्थिति को संभालने और घर की फ़ाक़ामस्ती का पर्दाफ़ाश न होने देने की ग़रज़ से कहा, "मामा! क्यों इतनी जल्दी अधीर हो गये हो, घबराओ नहीं, समय बीतने के साथ सब ठीक हो जायेगा।"

गुरुचरण ने इशारा समझने की चेष्टा नहीं की। वह निराशा के स्वर में बोला, "बिटिया! क्या ख़ाक ठीक हो जायेगा, क्या आकाश से धन की वर्षा होगी? गिरीन्द्र! असल में बिटिया चाहती है कि मैं अधिक सोच-विचार न करूं, निश्चिन्तता का जीवन जीऊं, पर बिटिया! बाहर के लोग मेरे सगे-सम्बन्धी तो नहीं, जो अपनी रक़म का तक़ाज़ा न करें।"

गिरीन्द्र ने पूछा, "आज नवीन बाबू ने क्या कहा है?"

ललिता समझती थी कि गिरीन्द्र को इस विषय की कुछ भी जानकारी नहीं है। इसलिए उसकी इस जिज्ञासा पर वह खीजने लगी, किन्तु गुरुचरण ने अपने ऋण की संक्षिप्त कहानी सुनाकर कहा, "नवीन बाबू की पत्नी कुछ समय से अजीर्ण रोग से पीड़ित है। डॉक्टरों ने वायु-परिवर्तन का सुझाव दिया है। नवीन बाबू को रुपयों की ज़रूरत आ पड़ी है। इसलिए उन्होंने मूल

और आज तक के ब्याज की रक़म चुकाने का तक़ाज़ा किया है।''

कुछ देर सोच-विचार में पड़ा गिरीन्द्र बोला, ''मैं कुछ दिनों से आपसे एक बात कहना चाहता हूं, किन्तु कहने का साहस नहीं होता। आप बुरा न मानें, तो निवेदन करूं?''

हंसते हुए गुरुचरण बोला, ''मुझसे कुछ कहने में किसी साहस अथवा संकोच का कोई काम नहीं। जो कहना हो, कहो।''

''मैंने दीदी से सुना है कि नवीन बाबू काफ़ी ऊंचा सूद वसूल करते हैं। मेरे पास काफ़ी धन फ़ालतू पड़ा है, मेरे किसी काम नहीं आ रहा है। आप मुझसे रुपया लेकर नवीन बाबू को दे दीजिये।''

दोनों—मामा और भांजी—सुनकर आश्चर्यचकित रह गये।

गिरीन्द्र बोला, ''मुझे अभी रुपयों की कोई ज़रूरत नहीं। जब आप लोगों को सुविधा हो, तब लौटा देना।''

गुरुचरण धीरे-से बोला, ''क्या तुम पूरे ऋण की राशि दोगे?''

सिर झुकाकर धीमी आवाज़ में गिरीन्द्र बोला, ''हां-हां, क्यों नहीं? इस समय नवीन बाबू का काम तो चलाना ही होगा।''

गुरुचरण कुछ कहने जा रहा था कि दौड़कर आयी अन्नकाली बोली, ''शेखर भैया ने थिएटर देखने को चलने के लिए जल्दी से कपड़े पहनकर तैयार होने को कहा है।'' वायुवेग से आयी काली वायुवेग से ही लौट गयी। गुरुचरण हंस दिया, पर ललिता अविचलित बैठी रही।

अन्नकाली लौटकर आयी और बोली, ''दीदी! क्या अभी तैयार नहीं हुई, हम तुम्हारी बाट जोह रहे हैं।''

ललिता फिर भी टस-से-मस नहीं हुई। असल में वह गिरीन्द्र के अन्तिम निर्णय को जानने के लिए उत्सुक थी, किन्तु गुरुचरण ने उसे शेखर को प्रतीक्षा न कराने और जल्दी से जाने को कह दिया।

ललिता को उठना पड़ा, किन्तु जाते-जाते वह गिरीन्द्र के प्रति अपनी कृतज्ञता प्रकट करना न भूली। दस-बारह मिनट के बाद कपड़े पहनकर, जाने से पहले पान देने के बहाने ललिता स्थिति को भांपने के लिए दोबारा वहां आ गयी।

गिरीन्द्र के चले जाने पर तकिए के सहारे लेटा गुरुचरण कृतज्ञता के आंसू बहा रहा था। ललिता को यह समझते देर न लगी कि ये ख़ुशी के आंसू हैं, अत: मामा का ध्यान भंग करना उचित न समझते हुए, उसने चुपके से बाहर की राह ली।

थोड़ी देर बाद शेखर के घर पहुंची ललिता के नेत्र भी अश्रूपूर्ण हो उठे थे। काली सर्वप्रथम गाड़ी में जा बैठी थी। अपने कमरे में खड़ा शेखर शायद ललिता की प्रतीक्षा कर रहा था। ललिता की आंखों में आंसू देखकर उसने पूछा, "यह रोना किसलिए?"

ललिता ने बिना उत्तर दिये सिर झुका दिया।

कई दिनों से ललिता को न देखने के कारण थोड़ा नाराज़ हुआ शेखर उसे कुछ डांटने की सोच रहा था, परन्तु अब द्रवित होकर उसकी ठोड़ी को पकड़कर उसके सिर को ऊपर करके बोला, "तुम तो सचमुच रो रही हो, आख़िर क्या बात है?"

अपने को थोड़ा संभालकर ललिता वहीं बैठ गयी और सिसकने लगी।

:6:

मूल और सूद का हिसाब करके पूरी रक़म वसूल करने और गिरवी का दस्तावेज़ लौटाने के बाद नवीनराय ने गुरुचरण से पूछा, "आख़िर तुम्हें ये रुपये किससे मिले हैं?" वास्तव में, नवीन बाबू की नज़र आसामी के मकान को हथियाने पर थी। वह मन-ही-मन अपने पुराने मकान को तुड़वाकर उसके विस्तार की योजना बना रहे थे। इसलिए पूरी राशि मिलने पर उनका प्रसन्न न होना स्वाभाविक था। अत: व्यंग्य की भाषा में बोले, "देखो, रुपये की मांग करना भी गुनाह हो गया, जो तुमने मेरे मुंह पर दे मारे। भाई! इसीलिए आज के ज़माने को कलिकाल कहा जाता है।"

गुरुचरण व्यथित होकर बोला, "भाई साहब! आप ऐसी बात क्यों करते हैं? मैंने आपका ऋण अवश्य चुकाया है, किन्तु आपके ऐहसान का बदला

तो मैं कभी नहीं चुका सकता।''

नवीन बाबू हंस पड़े, वह पक्के घाघ थे। इस प्रकार की ख़ुशामद के खोखेलपन को भली प्रकार समझते थे, तभी तो वह गुड़ के व्यापार से इतना अधिक लाभ कमा सके थे। बोले, ''भैया! यदि सचमुच ऐसा कुछ समझा होता, तो रुपया लौटाने की ऐसी जल्दबाज़ी न की होती। मैंने एक बार तक़ाज़ा अवश्य किया था, तुम्हारी भाभी की आवश्यकता थी। अच्छा, छोड़ो इस बात को, यह बताओ कि मकान कितने में गिरवी रखा है?''

गुरुचरण बोला, ''न मैंने मकान गिरवी रखा है और न ही ब्याज के बारे में कुछ निश्चित किया है।''

विश्वास न करते हुए नवीन बाबू बोले, ''क्या किसी ने वैसे ही इतनी बड़ी रक़म दे दी है?''

''वास्तविकता यही है। इसे मैं लड़के की भलमनसाहत समझता हूं।''

''कौन लड़का?''

गुरुचरण ने और अधिक कुछ नहीं कहा। वह समझ गया कि जितना वह कह चुका है, उतना भी उसे नहीं कहना चाहिए था।

गुरुचरण के मन की थाह लेते हुए नवीन बाबू हंसकर बोले, ''ठीक है, जब कहना मना है, तो नहीं कहना चाहिए, किन्तु इतना समझ लो कि मैंने भी घाट-घाट का पानी पिया है। इसलिए कहता हूं कि किसी से भी ऋण क्यों न लिया हो, सावधान अवश्य रहना। कहीं सब कुछ न गंवा बैठना।''

बिना कुछ बोले और दस्तावेज़ संभालते हुए गुरुचरण दुआ-सलाम करके घर चल दिया।

अजीर्ण की शिकार भुवनेश्वरी प्राय: प्रतिवर्ष कुछ दिनों के लिए पश्चिम के किसी स्वास्थ्यप्रद स्थान पर चली जाया करती है। नवीन बाबू ने गुरुचरण से पत्नी के रोग के विषय में काफ़ी कुछ बढ़ा-चढ़ाकर कहा था। अब तैयारी होने लगी। शेखर चमड़े के एक सूटकेस में अपनी ज़रूरत का समान सजा रहा था। कमरे में आयी अन्नकाली ने पूछा, ''शेखर भैया! कब जा रहे हो?''

शेखर ने कहा, ''तू अपनी जीजी ललिता को भेज दे और जो सामान उसने साथ ले जाना हो, वह सब भी भेज दे।''

शेखर का विचार था कि प्रतिवर्ष की भांति इस वर्ष भी ललिता उसकी मां के साथ जा रही है, किन्तु काली के मुंह से ललिता के न जाने की सुनकर शेखर द्वारा कारण पूछे जाने पर वह बोली, ''दीदी कैसे जा सकती है? बाबूजी उसके लिए दूल्हा ढूंढ रहे हैं और माघ-फाल्गुन में दीदी के हाथ पीले करना चाहते हैं।''

शेखर आंखें फाड़-फाड़कर काली की ओर देखता रहा और काली घर में सुनी बातों का उत्साहपूर्वक वर्णन करते हुए बोली, ''गिरीन्द्र बाबू ने ख़र्च की चिन्ता न करने का आश्वासन देते हुए अच्छा वर ढूंढने पर ज़ोर दिया है। अतः बाबूजी आज दफ़्तर न जाकर खाने-पीने के बाद वर की खोज में निकलेंगे, गिरीन्द्र बाबू भी उनका साथ देंगे।''

चुपचाप बैठकर सुनते शेखर को अपनी मां के साथ ललिता के न जाने के कारण का पता चल गया। काली कहती गयी, ''गिरीन्द्र बाबू सचमुच भले आदमी हैं। मझली दीदी के विवाह के समय गिरवी रखे मकान के बिकने की और हम लोगों के राह का भिखारी बनने की नौबत आ गयी थी, किन्तु अब गिरीन्द्र बाबू द्वारा दिये रुपयों से बाबूजी ने ताऊजी से अपना मकान छुड़वा लिया है। अब हमें किसी बात की चिन्ता नहीं। यह सब मैंने दीदी के मुंह से सुना है।''

बिना कुछ उत्तर दिये शेखर टकटकी लगाकर देखता रहा। काली के पूछने पर ''क्या सोच रहे हो भैया?'' शेखर का ध्यान भंग हुआ और वह बोला, ''सोचना क्या है? जा, दौड़कर जल्दी से अपनी दीदी को भेज दे, उसे कहना कि मैं बुला रहा हूं।''

काली के दौड़कर चले जाने पर शेखर सूटकेस पर नज़र गड़ाये चुपचाप बैठा रहा। उसे समझ नहीं आ रहा था कि क्या रख दिया गया है और क्या रखा जाना शेष है।

ललिता ने खिड़की से झांककर देखा, तो शेखर सिर झुकाये नीचे की ओर देख रहा था। उसके चेहरे के भाव देखकर चिन्तित ललिता दौड़ी गयी और शेखर के समीप पहुंचकर बोली, ''लो, मैं आ गयी।'' सुनकर शेखर जल्दी से उठ खड़ा हुआ।

ललिता के पूछने पर, ''क्या आपने मुझे बुलाया है?'' शेखर थोड़ी देर की चुप्पी के बाद बोला, ''कल सवेरे की गाड़ी से मां के साथ जा रहा हूं। अब की बार लौटने में शायद देर लग सकती है। यह चाबी संभालो, अपनी आवश्यकता की पूर्ति के लिए रुपये निकाल लिया करना।''

प्रतिवर्ष साथ जाने वाली ललिता ने ही पिछले वर्ष सारे सामान को ठीक से संभालकर रखा था। इस बार शेखर अकेला जा रहा है, उसके खुले सूटकेस को देखकर वह उसकी परेशानी समझ गयी।

ललिता को सम्बेधित करते हुए शेखर बोला, ''अपना ख़याल रखना और यदि कभी किसी कारणवश किसी चीज़ की आवश्यकता पड़ जाये, तो भैया से मेरा पता पूछकर मुझे पत्र लिख देना।''

इसके बाद दोनों ओर चुप्पी छा गयी। ललिता अपने न जाने के कारण का शेखर भैया को पता चल जाने से अपने को परेशान एवं लज्जित अनुभव करने लगी। थोड़ी देर में शेखर बोला, ''अब तुम जाओ, मुझे सारा सामान समेटकर रखना है और एक बार ऑफ़िस भी जाना है।''

सूटकेस के पास सरककर ललिता बोली, ''आप जाकर नहा-धो लो, मैं सब संभालकर रखती हूं।'' शेखर बिना कुछ बोले उठकर चल दिया। नीचे जाकर उसने काली के कथन की सत्यता के सम्बन्ध में अपनी मां से पूछा, तो पता चला कि गुरुचरण ने सचमुच बाबूजी का क़र्ज़ चुका दिया है और ललिता के लिए लड़का ढूंढने की मुहिम चलाया जाना भी सत्य है। कुछ अधिक न पूछकर वह नहाने चल दिया।

दो घण्टे बाद नहा-धोकर और खा-पीकर ऑफ़िस की पोशाक पहनने के लिए ऊपर पहुंचा शेखर, ललिता को हाथ-पर-हाथ धरकर बैठा देखकर हैरान रह गया। शेखर के पैरों की आहट से चौंकी ललिता ने तत्काल अपने सिर को झुका लिया। काफ़ी देर तक रोते रहने के कारण उसकी आंखें लाल हो रही थीं।

इस सब को देखकर भी अनदेखा करके ऑफ़िस की पोशाक पहनने में जुटा शेखर बोला, ''अभी तुमसे यह सब नहीं हो सकेगा, तुम दोपहर में आकर यह सब कर लेना।'' कहकर वह ऑफ़िस चल दिया। वास्तव में,

ललिता की लाल आंखों के रहस्य को वह समझ गया था, किन्तु इस विषय में बिना सोच-विचार किये वह कुछ कहना नहीं चाहता था।

शाम को, मामा को चाय देने के लिए आयी ललिता विदा लेने के लिए आये और मामा के साथ बैठे शेखर को देखकर संकोच में पड़ गयी। ललिता द्वारा दो प्याले चाय बनाने पर गिरीन्द्र ने पूछा, "ललिता! शेखर बाबू को चाय नहीं पिलाओगी?"

सिर झुकाये खड़ी ललिता धीमे-से बोली, "शेखर बाबू चाय नहीं पीते। वास्तव में, उन्हें तो दूसरों का चाय पीना भी पसन्द नहीं।"

चाय की चुस्कियां लेते गुरुचरण ने लड़के की बात छेड़ दी। वह बोला, "लड़का बी.ए. में पढ़ रहा है..." इस प्रकार उसके कुछ गुणों के उल्लेख के बाद वह बोला, "किन्तु गिरीन्द्र बाबू को वह पसन्द नहीं है। यह तो ठीक है कि लड़का देखने में सुन्दर नहीं, किन्तु मर्दों के गुण देखे जाते हैं, उनके रूप का क्या है?" उसके कहने का तात्पर्य यह था कि किसी तरह बिटिया का विवाह हो जाने पर वह चैन की सांस ले सकेगा।

शेखर अभी तक गिरीन्द्र को कुछ अधिक नहीं जानता था। उसकी ओर देखकर शेखर बोला, "जब लड़का पढ़ रहा है, उसकी आर्थिक स्थिति भी अच्छी है, तो फिर पसन्द क्यों नहीं है?"

शेखर ने पूछ अवश्य लिया था, किन्तु वास्तव में लड़का पसन्द न आने के कारण को वह समझ गया था। उसे यह मालूम हो गया था कि गुरुचरण को ललिता के लिए भविष्य में भी कोई दूसरा लड़का पसन्द नहीं आयेगा। गिरीन्द्र कुछ कह तो नहीं सका, किन्तु शेखर द्वारा अपनी असलियत के जान लिये जाने का उसे आभास हो गया था। शेखर उठकर खड़ा हो गया और बोला, "चाचाजी! मैं कल मां के साथ पश्चिम की ओर जा रहा हूं। सफलता मिलने पर यथासमय सूचना देना न भूलना।"

गुरुचरण बोला, "बेटे! तुम लोगों के सिवा मेरा अपना है ही कौन? फिर ललिता की मां की अनुपस्थिति में कुछ हो पाना सम्भव नहीं।" ललिता की ओर उन्मुख होकर वह बोला, "क्यों बिटिया! मैं कुछ ग़लत तो नहीं कह रहा हूं?" मुड़कर उसने देखा, तो पता चला कि ललिता तो कब की उठकर

जा चुकी है।

शेखर बोला, ''वह तो बात छिड़ते ही उठकर चली गयी।''

गुरुचरण बोला, ''जायेगी कैसे नहीं, अब समझदार हो गयी है।'' ठण्डी सांस लेते हुए वह बोला, ''मेरी बिटिया साक्षात् लक्ष्मी और सरस्वती है। ऐसी लड़की किसी भाग्यशाली को ही मिलती है।'' सुनकर दोनों—गिरीन्द्र और शेखर—सहमत एवं प्रभावित हुए बिना न रह सके।

: 7 :

चाय की बैठक से चुपचाप खिसकी ललिता शेखर के कमरे में आ गयी और शेखर के गरम कपड़े एक बक्से में संभालकर रखने लगी। कमरे में प्रविष्ट शेखर के चेहरे पर भय और विस्मय देखकर ललिता हक्का-बक्का रह गयी। जिस प्रकार मुक़द्दमा हारकर कचहरी से निकलने वाले आदमी के चेहरे पर मुर्दनी छायी रहती है, वैसी ही कुछ स्थिति शेखर की थी। यहां तक कि दूर से भी उसे पहचानना सम्भव नहीं हो पा रहा था। ऐसा लगता था, मानो किसी ने उसके चेहरे पर स्याही पोत दी हो। शेखर ने सूखी आवाज़ में पूछा, ''ललिता! क्या कर रही हो?''

बिना कुछ बोले शेखर के हाथ को अपने हाथ में लेकर चिन्तित और उदास स्वर में ललिता ने पूछा, ''भैया! आपको क्या हो गया है?''

''अरे! मुझे क्या हुआ है?'' कहते हुए शेखर ज़बरदस्ती हंसने लगा। ललिता के हाथ के स्पर्श से थोड़ा सजीव बने शेखर ने पूछा, ''तुम क्या कर रही हो?''

''तुम्हारा मोटा ओवरकोट रखना भूल गयी थी, वही रख रही थी। पिछली बार इस कोट के न होने पर, तुम्हें गाड़ी में काफ़ी कष्ट हुआ था। इसीलिए लौटने पर मैंने दर्ज़ी को तुम्हारा नाप देकर इस कोट को सिलवा लिया था।'' कहते हुए ललिता ने एक भारी-भरकम कोट निकालकर शेखर के सामने रख दिया।

शेखर बोला, "पहले तो तुमने इसके बारे में कुछ नहीं बताया!"

ललिता बोली, "बताती, तो क्या तुम मुझे बनवाने देते? बाबू लोगों की नफ़ासत का क्या कहना? इसलिए बिना बताये ही बनवाकर रख दिया है। अब इसका उपयोग अवश्य करना। दूसरे छोटे कोटों की अपेक्षा यह कोट सर्दी से कहीं अधिक रक्षा करेगा।"

"अच्छा" कहकर शेखर टकटकी लगाकर ललिता की ओर देखने लगा। फिर सहसा बोला, "क्या तुम्हें मालूम है कि मांजी अपना सामान संभाल सकी हैं या नहीं?"

"मैंने दोपहर को ही सब संभाल कर रख दिया है।" शेखर के सामान की एक बार फिर से जांज करके वह बक्से को ताला लगाने लगी।

कुछ देर चुप रहने के बाद शेखर बोला, "ललिता! अगले साल मेरी क्या दशा होगी, क्या तुम इस बात की कल्पना कर सकती हो? पराये घर जाने से पहले मेरे घर में कहां क्या रखा है, यह सारी जानकारी मुझे देना मत भूलना।"

क्रोध का प्रदर्शन करते हुए ललिता बोली, "हटो भी।"

हंसते हुए शेखर बोला, "हटना तो पड़ेगा ही, किन्तु सच-सच बताना कि क्या कभी तुमने यह भी सोचा है कि मेरा क्या होगा? शौक़ तो मुझे सारे हैं, किन्तु उन्हें पूरा करने की शक्ति मुझ में नहीं और फिर मेरे काम नौकरों के बस के भी नहीं। इसलिए लगता है कि अब मुझे भी तुम्हारे मामा की तरह रहना सीखना पड़ेगा, एक धोती और एक दुपट्टे में निर्वाह करना पड़ेगा।"

ललिता ने चाबियों का गुच्छा ज़मीन पर फेंका और नौ-दो ग्यारह हो गयी।

शेखर ने चिल्लाकर कहा, "कल सवेरे एक बार अवश्य आना।" सुनकर भी बिना ध्यान दिये, ललिता सीढ़ियां उतरकर नीचे चली गयी।

घर जाकर ललिता ने देखा कि छत पर चांदनी में बैठी अन्नकाली गेंदे के फूलों की माला गूंथ रही है। उसके पास जाकर बैठी ललिता ने पूछा, "ओस में बैठी क्यों दुखी हो रही है?"

काली बोली, "आज रात अपनी लड़की के होने वाले विवाह के लिए

माला गूंथ रही हूं।''

''तुमने मुझे तो कुछ नहीं बताया।''

''बाबूजी ने अभी-अभी पत्रा देखकर बताया है कि आज रात के बाद, पूरे महीने विवाह का कोई शुभ मुहूर्त नहीं निकलता। सयानी लड़की को रखा, तो नहीं जा सकता, इसलिए उसे विदा करना ही ठीक है। हां दीदी! मिठाई मंगानी है, दो रुपये दे दो।''

''रुपयों की ज़रूरत पड़ी, तो दीदी याद आ गयी। चलो, कोई बात नहीं, जा मेरे सिरहाने के नीचे से ले ले। अच्छा काली! क्या गेंदे के फूलों से भी विवाह होता है?''

काली बोली, ''दूसरे फूल नहीं मिले, तो इनसे ही काम चलाना पड़ता है। मैंने गेंदे के फूलों से कितनी लड़कियों का बेड़ा पार किया है।'' कहकर काली मिठाई ख़रीदने चल दी और ललिता माला गूंथने बैठ गयी। लौटकर काली बोली, ''और सबको तो कह दिया, शेखर भैया से नहीं कहा है। उन्हें कह आती हूं, नहीं तो वह बुरा मानेंगे।''

कुशल गृहिणी के तौर पर काली सभी कार्य व्यवस्थित रूप से सम्पन करती है। शेखर को सूचित करने के बाद नीचे उतरी काली बोली, ''दीदी! वह एक माला मांग रहे हैं, मेरा तो लग्न का समय बीता जा रहा है, तुम ही उन्हें जल्दी से माला थमा आओ।''

ललिता के इनकार करने पर काली जाने को उद्यत हो गयी, किन्तु काली को माला थमाते हुए ललिता का विचार बदल गया और वह स्वयं जाने को तैयार हो गयी। काली ने सन्तोष की सांस लेते हुए कहा, ''ठीक है, तुम्हीं चली जाओ। मुझे तो इतना काम है कि मरने की भी फुरसत नहीं।''

''बड़ी दादी-मां बन गयी है।'' कहते और हंसते हुए ललिता माला लेकर शेखर के पास चल दी। कमरे में पहुंचकर ललिता ने शेखर को चिट्ठी लिखने में खोया देखकर उसे चौंका देने के लिए उस के गले में माला डाल दी और हटकर चौकी पर जा बैठी। शेखर ने मुड़कर देखा, तो बोला, ''ललिता! यह तुमने क्या किया?''

शेखर के चेहरे के भाव से शंकित ललिता घबराकर बोली, ''क्यों, क्या

हुआ?''

पूरी गम्भीरता से शेखर बोला, ''क्या सचमुच तुम नहीं जानती कि तुमने क्या किया है? काली से जाकर पूछो कि किसी लड़की द्वारा किसी लड़के के गले में माला डालने का क्या अर्थ होता है।''

ललिता को सब कुछ समझ में आ गया और वह अपने को अत्यन्त लज्जित अनुभव करने लगी। अत: घबराते हुए बोली, ''मेरा ऐसा कोई अभिप्राय कदापि नहीं था।'' कहकर जाती हुई ललिता को पुकारकर शेखर बोला, ''ललिता! जाना नहीं, तुमसे मुझे एक आवश्यक काम है।''

ललिता ने सुना अवश्य, किन्तु वह रुकी नहीं। भागकर सीधी अपने कमरे में आयी और आंखें मीचकर लेट गयी।

पांच-छह वर्षों से शेखर के घनिष्ठ सम्पर्क में रहने वाली ललिता ने आज से पहले ऐसी कोई धृष्ठता नहीं की थी और शेखर ने भी कभी कोई ओछी हरकत नहीं की थी। गम्भीर प्रकृति के शेखर द्वारा किसी ओछी हरकत किये जाने की कल्पना भी नहीं की जा सकती थी। इसके अतिरिक्त, ललिता शेखर से डरती भी थी। शेखर ने आवश्यक काम के लिए बुलाया है, इसलिए वह जाये अथवा न जाये, इसका निश्चय नहीं कर पा रही थी। इतने में महरी ने आकर छोटे बाबू द्वारा बुलाये जाने का उसे सन्देश दिया।

ललिता ने महरी से कहा, ''तुम चलो, मैं आ रही हूं।''

ऊपर पहुंचकर ललिता ने देखा कि शेखर अभी तक पत्र लिखने में व्यस्त है। कुछ देर तक प्रतीक्षा करने के बाद वह बोली, ''हां, क्या बात है?''

पत्र लिखते हुए शेखर बोला, ''इधर आओ, बताता हूं।''

''नहीं, मैं यहीं ठीक हूं।''

''नहीं आतीं, तो तुम ही घाटे में रहोगी। मेरा क्या है, पहल तो तुमने की है।''

''मैंने क्या किया है? कुछ ग़लती हुई है, तो लौटा दो।''

''इसीलिए तो बुलाया है। पास आओगी, तो लौटाऊंगा। तुमने आधा काम किया है, अब आधा काम मुझे भी करने दो।''

दरवाज़े की ओट में खड़ी ललिता बोली, ''आप मुझे माला लौटा दो, मैं आपको विश्वास दिलाती हूं कि भविष्य में ऐसी कोई ओछी हरकत मैं कभी नहीं करूंगी।''

टेबल पर रखी माला को उठाते हुए शेखर बोला, ''ठीक है, आओ, ले जाओ।''

''आप वहीं से फेंक दीजिये।''

''यह फेंकने की चीज़ नहीं है, आदर से थमायी और थामी जायेगी।''

''तो मुझे नहीं लेनी।'' कहते हुए ललिता लौट चली।

शेखर चिल्लाकर बोला, ''किसी काम को आधा छोड़ना समझदारी नहीं है।''

''कोई बात नहीं।'' कहते हुए ललिता सचमुच ही क्रुद्ध होकर चली, तो गयी, किन्तु नीचे न जाकर पूरब की ओर वाली खुली छत पर एक ओर रेलिंग को थामकर चुपचाप खड़ी हो गयी। ऊपर, स्वच्छ-निर्मल आकाश में उदय होते चन्द्रमा की ठण्डी और धुंधली चांदनी चारों ओर झिलमिला रही थी। शेखर के कमरे के ऊपर आकाश की ओर देखते हुए ललिता की आंखों से लज्जा और अपमान के आंसू बहने लगे। वह सोचने लगी कि वह इतनी छोटी तो नहीं कि इन बातों को समझने में असमर्थ हो। इस स्थिति में उसके साथ ऐसा भद्दा एवं अपमानजनक व्यवहार क्यों किया गया? वह इस तथ्य से भली प्रकार परिचित है कि उसके अनाथ और अनाश्रित होने के कारण ही लोग अपनी उदारतावश उसे अपना स्नेह तथा प्यार देते हैं, अन्यथा वह एकदम तुच्छ और साधारण है। इस तथ्य को समझ सकने की आयु को वह पार कर चुकी है। शेखर का और उसकी मां का उसे प्यार करना भी वास्तव में प्यार नहीं, अपितु दया-करुणा है। उसके उद्धार के लिए किसी के वास्तविक उत्तरदायी न होने के कारण ही उसके मामा द्वारा पराये गिरीन्द्र से यह सब कहना पड़ा है।

आंख मीचकर ललिता मन-ही-मन सोचने लगी कि कलकत्ता में उसके मामा की आर्थिक स्थिति शेखर के परिवार के सामने कितनी नीची है। वह उसी निम्न स्थिति वाले मामा की आश्रिता है, जबकि शेखर के विवाह की

बातचीत उसके बराबर की आर्थिक स्थिति वाले परिवार में चल रही है। शेखर की मां के मुंह से ललिता यह भी सुन चुकी है कि इस विवाह-सम्बन्ध से नवीनराय को काफ़ी रुपये मिलना भी निश्चित है।

शून्य आकाश की ओर देखते हुए ललिता मन-ही-मन सोचने लगी कि इस स्थिति में शेखर ने उसके साथ ऐसा घिनावना मज़ाक़ क्यों किया? क्या ग़रीब आदमी का कोई मान-सम्मान नहीं होता? क्या किसी असहाय के साथ बदसलूक़ी करने की सबको खुली छूट होती है? यह सोचते हुए ललिता पीछे मुड़ी, तो मुसकराते हुए शेखर को वहां खड़े देखकर चौंक उठी। जिस प्रकार स्वयं उसने अचानक गेंदे की माला शेखर के गले में डाल दी थी, उसी प्रकार हाथ में थामी माला को शेखर ने ललिता के गले में डाल दिया। रुदन के कारण गला रुंध जाने से कुछ कहने में असमर्थ ललिता के मुंह से निकल गया, "यह आपने क्या किया?"

"मैंने कुछ नहीं किया।" शेखर के मुंह से सुनते ही माला को तोड़ फेंकने को उद्यत ललिता शेखर के मुंह पर दृष्टि पड़ जाने के कारण एकदम रुक गयी, माला को तोड़ने-जैसा कुछ न कर सकी। फिर भी बिलखते हुए बोली, "क्यों जी! क्या मुझे असहाय जानकर मेरे साथ मनचाहा मज़ाक़ करने का तथा मेरा अपमान करने का आपको अधिकार मिल गया है?"

अब भी मन्द-मन्द मुसकराते हुए, ललिता की बात सुनकर शेखर स्तब्ध रह गया। वह सोचने लगा कि यह सब कोई भोलेपन-जैसी बात नहीं है। अतः पलटकर बोला, "मैं तुम्हारा अपमान कर रहा हूं या तुम मेरा अपमान कर रही हो? ज़रा सोचकर देखो।"

अपनी आंखें पोंछकर ललिता बोली, "मैंने आपका अपमान कैसे किया है?"

क्षण-भर चुप रहने के बाद शेखर सहज और संयत स्वर में बोला, "ललिता! तुम ठण्डे दिल से सोचोगी, तो तुम्हें स्पष्ट हो जायेगा कि तुम किस प्रकार मेरे साथ ज़्यादती कर रही हो। मैं तुम्हें पहले ही बता चुका हूं कि विदेश जाने से पहले, मैं यह सब छोड़ चुका हूं।"

सिर झुकाकर खड़ी ललिता ने यह सुनकर फिर कोई प्रश्न नहीं किया।

दोनों शीतल चांदनी में चुपचाप खड़े रहे। नीचे काली द्वारा विवाह की शंख-ध्वनि के सिवा सन्नाटा छाया हुआ था।

छायी चुप्पी को तोड़ते हुए शेखर बोला, "इस ओस में भीगते हुए तुम कब तक इस प्रकार खड़ी रहोगी? जाओ, नीचे जाओ।"

"जाती हूं।" कहकर ललिता ने अपने हाथों से शेखर के चरण छुए, उसकी चरण धूलि को अपने माथे से लगाया और फिर शेखर से पूछा, "मेरे द्वारा किये जाने वाले कर्तव्य-कर्मों की जानकारी मुझे करा दीजिये।"

हंसते हुए शेखर ने ललिता को खींचकर अपनी छाती से लगा लिया और फिर उसके अधरों को चूमते हुए बोला, "ललिता! तुम्हें समझाने-बुझाने-जैसा कुछ भी नहीं। अब के बाद, तुम्हें अपने अपने कर्तव्य-कर्मों का ज्ञान स्वत: हो जायेगा।"

रोमाञ्चित हो उठी ललिता अपने को शेखर की बाहों से छुड़ाकर एक ओर खड़ी होकर बोली, "मैंने अचानक आपके गले में माला डाल दी, इसलिए क्या आपने भी उसे दोहरा दिया?"

"नहीं, ऐसा कुछ नहीं। मैं बहुत दिनों से तुम्हारे और अपने सम्बन्ध के बारे में सोच रहा था, किन्तु किसी निर्णय पर नहीं पहुंच सका था। आज मैं इस निष्कर्ष पर पहुंचने में सफल हुआ हूं कि तुम्हारे बिना मेरा जीवित रह पाना सम्भव नहीं। इसके बाद ही मैंने तुम्हारे गले में माला डालकर तुम्हारा वरण किया है।"

"किन्तु क्या आप यह नहीं जानते कि यह सम्बन्ध नहीं हो सकता? इस सम्बन्ध की जानकारी न आपके पिता के लिए और न ही आपकी माता के लिए सुखद होगी।"

"बाबूजी यह जानकर भले ही रुष्ट हों, परन्तु मां प्रसन्न हो उठेगी। अब इस विवाद को छोड़ो और जो हो गया है, उसे अन्तिम समझकर स्वीकार करो। अब न तुम्हारे लिए और न मेरे लिए अपने इरादे को बदलना सम्भव है। नीचे जाकर मां को प्रणाम करके उसका आशीर्वाद प्राप्त करो।"

: 8 :

तीन महीनों के बाद चेहरा लटकाकर आये और अपने कमरे में घुसकर फ़र्श पर बैठने जा रहे गुरुचरण को झिड़कते हुए नवीनराय ऊंची आवाज़ में बोले, "अरे! क्यों मुझे असमय नहाने के झञ्झट में डालने जा रहे हो, यहां मत बैठो, सामने पड़ी चौकी पर बैठो।"

गुरुचरण के बैठने से पहले ही नवीनराय फिर चिल्ला उठे, "अरे! क्यों तुमने अपनी जाति बदल ली?"

सिर झुकाकर चौकी पर बैठा गुरुचरण कुछ नहीं बोला। अभी चार दिन पहले दीक्षा लेकर वह ब्रह्मसमाजी बन गया है। कट्टर हिन्दू नवीनराय को इस तथ्य की जानकारी आज ही मिली है। नवीनराय तीखी नज़र से गुरुचरण को देखने लगे और वह बेचारा सिर झुकाये बैठा रहा। उसने किसी के साथ विचार-विमर्श किये बिना ही धर्म-परिवर्तन किया था, इसलिए उसके घर में भी भारी कोहराम मचा था। घर के सभी लोग रो-बिलख रहे थे।

चीख़कर नवीनराय ने फिर पूछा, "बताते क्यों नहीं? तुमने क्या गुल खिलाया है?"

आंखों में आंसू भरकर गुरुचरण बोला, "आपने ठीक ही सुना है।"

"क्यों, तुमने ऐसा अनर्थ क्यों किया? तुम्हारी पगार सिर्फ़ साठ रुपये महीना है, फिर तुमने....।" इसके आगे उससे कुछ बोला नहीं गया।

आंसू पोंछकर और गला साफ़ करके गुरुचरण बोला, "भैया! बुद्धि भ्रष्ट हो गयी थी। समझ नहीं आता था कि संकट की इस घड़ी में आत्महत्या करूं या ब्रह्मसमाजी बन जाऊं? बहुत माथापच्ची करने के बाद यही ठीक लगा कि मरने की अपेक्षा ब्रह्मसमाजी बनना ही बेहतर है। बस, यही सोचकर ब्रह्मसमाजी बन गया।" कहते और बिलखते हुए गुरुचरण बाहर निकल गया।

चिल्लाकर नवीनराय बोले, "अरे! क्या ख़ाक अच्छा किया? जाति गंवाने की अपेक्षा गले में फांसी लगा लेना कहीं अधिक अच्छा था। अब अपना यह मनहूस चेहरा लेकर हमारे सामने आने की फिर कभी हिम्मत न करना। अब तुम मन्त्रियों के साथ मोटरिया में घूमते-फिरना और डोम-चमारों के साथ

अपनी लड़कियों का रिश्ता करना।" कहकर उसने अपना मुंह मोड़कर दूसरी ओर कर लिया और गुरुचरण उनके कमरे से बाहर चला गया।

अपने हाथ से गुरुचरण के निकल जाने और फिर उस पर किसी प्रकार क़ाबू न पाने की विवशता से दुखी नवीनराय अपने पर ही खीजने लगे। क्रोध के आवेश में अन्धे बने नवीनराय गुरुचरण के विरुद्ध कुछ न कर पाने की अपनी असमर्थता पर अपने बाल नोचने लगे। अन्ततः कुछ न सूझने, किन्तु कुछ करने पर आमादा नवीनराय ने राज को बुलाकर अपनी छत की दीवार ऊंची खिंचवा दी, ताकि गुरुचरण का उधर आना-जाना न हो सके।

परदेस में बहुत दूर बैठी भुवनेश्वरी को नवीनराय की इस हरकत का पता चला, तो उसने इसका बहुत बुरा माना और हैरान होकर शेखर से बोली, "उसे ऐसी ग़लत राय किसने दी?"

नवीनराय की सूझ अथवा सलाह देने वाले के सम्बन्ध में जानकारी होने पर भी शेखर को इस सम्बन्ध में किसी का नाम लेना अथवा कुछ कहना अच्छा नहीं लगा। वह बोला, "मां! इतनी लड़कियों का विवाह न कर पाने पर दो-चार दिनों में हम लोगों ने उसे अपने समाज में रहने ही नहीं देना था, उसे अपनी जाति से बाहर कर देना था।"

भुवनेश्वरी बोली, "बेटा! ऐसी बात नहीं है। यदि लड़कियों का समय पर विवाह न कर पाने के कारण ही जाति से बाहर निकलने की बात होती, तो न जाने अब तक कितने प्रतिष्ठित लोग जाति से बहिष्कृत हो चुके होते। तुम यह क्यों भूलते हो कि भगवान् जिन्हें लड़कियां देता है, वह उनकी मान-मर्यादा की रक्षा का भार भी उठाता है।"

शेखर के चुप रहने पर भुवनेश्वरी अपनी आंखें पोंछने के बाद बोली, "यदि मैं पहले से ही जानती कि गुरुचरण अपनी लड़की ललिता को मेरे साथ इसलिए नहीं भेज रहा, तो मैं बिटिया को अवश्य ही अपने साथ ले आती और तब उसके उद्धार का दायित्व मुझ पर होता और मैं इसके निर्वहण में कोताही न करती। मैंने तो सोचा था कि शायद गुरुचरण ने ललिता की सगाई करने के विचार से उसे हमारे साथ न भेजकर अपने पास रोक लिया है।"

अपने को थोड़ा लज्जित अनुभव करते हुए शेखर बोला, "मां! घर चलकर

यही कुछ करना। लड़की ब्रह्मसमाजी नहीं हुई, उसके मामा ही ब्रह्मसमाजी हुए हैं और सच पूछो, तो वह भी उसके अपने सगे नहीं हैं। उस बेचारी ने तो अपना कोई सगा निकट सम्बन्धी न होने के कारण उनके घर आश्रय ले रखा है।''

सोच-विचार कर भुवनेश्वरी बोली, ''मैं तुम्हारे कथन से पूरी तरह सहमत हूं, किन्तु तुम अपने पिताजी के स्वभाव को तो जानते हो। मुझे सन्देह है कि वह हमें अब उस परिवार के साथ किसी प्रकार का कोई सम्बन्ध नहीं रखने देंगे।''

इस तथ्य से भली-भांति परिचित शेखर कुछ कहना उचित न समझकर दूसरी ओर चला गया। अब घर से बाहर परदेस से उसका मन ऊब गया था। किसी तरह उदास रहकर दो-एक दिन गुज़ारने के बाद, शाम को, वह मां से बोला, ''मां! अब यहां से दिल उचाट हो गया है, घर लौटने का मन करता है।''

अपनी सहमति प्रकट करते हुए भुवनेश्वरी बोली, ''तुम ठीक कहते हो, मेरा भी जी भर गया है।''

इसके बाद मां-बेटा घर लौट आये। घर लौटने पर दोनों ने देखा कि गुरुचरण की आवाजाही को रोकने के लिए छत की दीवार ऊंची करा दी गयी है। स्पष्ट था कि नवीनराय को गुरुचरण से किसी प्रकार का सम्बन्ध रखना अथवा उससे बातचीत करना गवारा नहीं था।

रात को शेखर के खाना खाते समय वहां उपस्थित उसकी मां भुवनेश्वरी ने कहा, ''सुना है कि ललिता की सगाई गिरीन्द्र बाबू के साथ हो रही है। मुझे तो इसका पहले से ही अनुमान था।''

शेखर ने पूछा, ''आपको कहां से पता चला?''

''दोपहर को तुम्हारे पिताजी के सो जाने पर मैं वहां चली गयी, तो उसकी मामी से यह सुनने को मिला। तब से रो-रोकर अपनी आंखें ख़राब कर ली हैं।'' यह कहने के उपरान्त ठण्डी सांस लेकर तथा अपने आंसू पोंछकर वह पुनः बोली, ''शेखर! यह सारा भाग्य का खेल है। भाग्य के लिखे को मिटाने का सामर्थ्य तो स्वयं विधाता में भी नहीं। अब किसी को दोष देना बेकार है। मैं समझती हूं कि गिरीन्द्र एक तो भला लड़का है और दूसरे, उसके पास पैसे की भी कमी नहीं। इसलिए ललिता उसके साथ सुखी रह सकती है।'' कहकर

वह चुप हो गयी।

उत्तर में शेखर कुछ भी नहीं बोला। वह अपना खाना निबटाने में ही व्यस्त रहा। मां के उठकर चले जाने पर, वह उठ खड़ा हुआ और मुंह-हाथ धोकर बिस्तर पर लेट गया।

दूसरे दिन, सायंकाल घूमने के लिए निकले शेखर ने गुरुचरण के घर की बाहरी बैठक में चाय-पान की सभा लगते देखी। गपशप में मस्त, यार लोग काफ़ी उत्साहित और प्रसन्न थे। वे जोश के साथ बातचीत कर रहे थे। शेखर के क़दम अनचाहे उधर बढ़ गये और उसके वहां पहुंचते ही सारा शोर-गुल थम-सा गया और यार लोग उसके चेहरे के भाव को देखकर गम्भीर हो उठे।

शेखर के लौट आने की जानकारी ललिता के सिवा और किसी को नहीं थी। मित्रमण्डली में गिरीन्द्र के अलावा उपस्थित एक अन्य सज्जन विस्मित होकर शेखर के मुख को ताकने लगे। गिरीन्द्र अत्यन्त गम्भीर हो गया। सबसे अधिक उछल-कूद करते गुरुचरण का चेहरा भी पीला पड़ गया। इन सब के समीप बैठी और चाय बनाती ललिता ने क्षण-भर के लिए मुंह उठाकर शेखर को देखा और फिर सिर झुका लिया।

तख़्त पर सिर झुकाकर बैठे गुरुचरण को प्रणाम करने के बाद एक ओर बैठते हुए शेखर बोला, "क्यों भाई! मेरे आने से क्या तुम सबको सांप सूंघ गया है, जो इस प्रकार ख़ामोश हो गये हो?"

गुरुचरण ने धीमी आवाज़ में आशीर्वाद तो दिया, किन्तु क्या कहा, यह सुनाई नहीं दिया।

गुरुचरण की मानसिकता को शेखर समझ गया और फिर उसे संभलने का समय देने के विचार से कल सवेरे की गाड़ी से अपने लौटने के, मां के स्वस्थ होने के, पश्चिम की जलवायु के उत्तम होने के तथा अन्यान्य दूसरे अनेक सार्थक-निरर्थक समाचार सुनाता रहा, फिर अपरिचित युवक का परिचय पाने की इच्छा से उसके चेहरे पर देखते हुए वह चुप हो गया।

अब तक अपने को भली प्रकार संभाल चुका गुरुचरण उस अपरिचित युवक का परिचय देते हुए बोला, "यह गिरीन्द्र के मित्र हैं, दोनों का घर एक ही नगर में है और दोनों सहपाठी हैं। श्याम बाज़ार में रहने वाले यह महाशय

काफ़ी योग्य हैं और भले व्यक्ति होने पर भी, स्नेहवश यहां हम लोगों के पास आया करते हैं। हम लोगों के यहां इनके आने को हम सौभाग्य समझते हैं।''

गरदन हिलाते हुए शेखर बोला, ''इनके भलामानस होने में क्या सन्देह है?'' कुछ देर तक चुप रहने के बाद शेखर ने गुरुचरण से पूछा, ''चाचाजी! घर पर और सब कुशल-मंगल तो है?''

सिर झुकाकर बैठे गुरुचरण ने उत्तर में कुछ भी नहीं कहा। शेखर को उठते देखकर वह बोला, ''बेटा! मुझे एकदम छोड़ न देना, बीच-बीच में आ जाया करना। तुमने वह बात तो सुनी हो होगी।''

''हां, सुनी है।'' कहकर शेखर घर के भीतर चला गया।

भीतर से गुरुचरण की स्त्री के रोने-बिलखने की आवाज़ आने लगी थी और यहां स्वयं गुरुचरण भी अपनी धोती से अपने आंसू पोंछने लगा था। गिरीन्द्र अपराधी की तरह शेखर से आंख न मिला पाने के कारण खिड़की की ओर देखने लगा। ललिता पहले ही उठकर चली गयी थी।

कुछ देर बाद रसोईघर से निकले और बरामदा पार करते शेखर ने अंधेरे में ललिता को किवाड़ की ओट में छिपकर खड़े देखा। उसने समीप आकर शेखर को प्रणाम किया और न जाने क्या सुनने के लिए उससे सटकर खड़ी हो गयी। शेखर के कुछ न बोलने पर ललिता ने पूछा, ''आपने मेरे पत्र का उत्तर क्यों नहीं दिया?''

''मुझे तुम्हारा कोई पत्र नहीं मिला। तुमने पत्र में क्या लिखा था और कब भेजा था?''

''लिखा तो बहुत कुछ था, किन्तु जब पत्र ही नहीं मिला, तो उसकी चर्चा का क्या लाभ? अब आपने सब कुछ सुन तो लिया है। अब मेरे लिए आपका क्या आदेश है?''

आश्चर्य प्रकट करते हुए शेखर बोला, ''मेरे आज्ञा देने का क्या अर्थ है?''

शंकित दृष्टि से शेखर की ओर देखते हुए ललिता बोली, ''क्यों, क्या मैं आपकी आज्ञा के अधीन नहीं हूं?''

''मैं किसी को क्या आज्ञा दे सकता हूं?''

"आप और किसी को आज्ञा दे सकते हों अथवा न दे सकते हों, किन्तु मुझे आज्ञा देने का तो आपको पूरा अधिकार है।"

"पहले तो मैं तुम्हें आज्ञा देने वाला कौन हूं, फिर तुम मेरी आज्ञा क्यों मानने लगीं?" कहते हुए शेखर का कण्ठ करुण-कातर और गम्भीर हो उठा।

सुनकर भयभीत हुई ललिता शेखर के एकदम पास सरक आयी और रुआंसी आवाज़ में बोली, "बाबू! आपकी यह दिल्लगी मुझे भारी पड़ रही है। आप नहीं जानते कि मेरी रातों की नींद हराम हो गयी है। इस समय आप कृपापूर्वक मेरा दिशानिर्देश कीजिये और बताइये कि मैं क्या करूं?"

"तुम्हारे डर अथवा परेशानी का कारण क्या है?"

"आप भी अजीब व्यक्ति हैं। आप यहां नहीं थे, मांजी भी घर पर नहीं थीं और बीच में मामा ने नया गुल खिला दिया। अब यदि मां ने मुझे अपने यहां आश्रय न दिया, तो....।"

कुछ देर चुप रहा शेखर बोला, "तुम्हारी यह चिन्ता उचित है कि अब मां के द्वारा तुम्हें आश्रय नहीं दिया जायेगा। तुम्हारे मामा द्वारा किसी दूसरे से रुपये लेने की भी मां को जानकारी है। फिर हम हिन्दू हैं और तुम लोग ब्रह्मसमाजी हो गये हो।"

उसी समय रसोईघर से अन्नकाली की आवाज़ सुनायी दी, "दीदी! तुम्हें मां बुला रही है।"

ऊंची आवाज़ में ललिता भी बोली, "अभी आयी।" फिर स्वर धीमा कर वह शेखर से बोली, "मामा कुछ भी हो गये हों, किन्तु मैं तो वही हूं, जो आप लोग हैं। जिस प्रकार मां आपको नहीं छोड़ सकती, उसी प्रकार वह मुझे भी नहीं छोड़ सकेगी। जहां तक गिरीन्द्र बाबू से रुपये लेने की बात है, उनकी रक़म उन्हें लौटा दी जायेगी। यह तो आप जानते ही हैं कि क़र्ज़ तो आगे-पीछे एक-न-एक दिन लौटाना ही होता है।"

शेखर ने पूछा, "क़र्ज़ चुकाने के लिए तुम इतने रुपये कहां से लाओगी?"

साहस करके, सिर उठाकर शेखर की आंखों में देखते हुए ललिता लज्जा से सिर झुकाकर बोली, "क्या आप नहीं जानते कि स्त्रियों को रुपया कहां से मिलता है? मैं भी उसी साधन से प्राप्त करूंगी।"

अब तक संयम से बातचीत कर रहा शेखर उत्तेजित होकर व्यंग्य-भरे स्वर में बोला, "तुम्हारे मामा ने तुम्हें बेच दिया है।"

अंधेरे में शेखर के चेहरे को न देख पाती ललिता उसकी बदली हुई आवाज़ को एकदम समझ गयी और दृढ़ स्वर में बोली, "यह सब झूठ है, मेरे मामा ऐसा कुकर्म कभी नहीं कर सकते। शायद आप यह नहीं जानते कि लाख दु:ख-कष्टों के होने पर भी वह मर्यादा का उल्लंघन करने वाले व्यक्ति नहीं हैं।" थोड़ा रुककर वह फिर बोली, "आप यह क्यों भूलते हैं कि उन्होंने मेरा विवाह होने से पहले रुपये लिये हैं। इसके अलावा मुझे बेचने का अधिकार उन्हें कहां हैं? यह अधिकार तो मैंने आपको दे रखा है। हां, यदि आप अपने रुपये बचाने के लिए मुझे बेचना चाहें, तो बात दूसरी है।"

यह कहकर उत्तर की प्रतीक्षा किये बिना ही ललिता उदास मन से घर के भीतर चली गयी।

: 9 :

उस रात काफ़ी देर तक शेखर पागलों की तरह सड़क पर घूमता रहा। वह समझ नहीं पा रहा था कि कल की छोटी-सी छोकरी ललिता और उसकी इतनी लम्बी ज़बान! आख़िर वह इतनी बड़ी-बड़ी बातें कहां से सीख आयी है? इसके अलावा निर्लज्जता की भी कोई हद होती है। किस तरह मुंह फाड़कर बड़बड़ किये जा रही थी?

शेखर आज ललिता के व्यवहार पर अत्यन्त दुखी एवं क्रुद्ध था। उसने ललिता के इस रूप की कभी कल्पना नहीं की थी। वास्तव में, यदि वह गहराई से और शान्त चित्त होकर सोचता, तो उसे स्पष्ट हो जाता कि उसका यह क्रोध ललिता पर न होकर, अपने ऊपर था।

शेखर ने काफ़ी समय से परदेस में रहते हुए अपने को कल्पनाजीवी बना लिया था। उस समय भी वह काल्पनिक सुख-दु:ख और हानि-लाभ के परिप्रेक्ष्य में ही अपने जीवन में ललिता की उपयोगिता को आंक रहा था। ललिता के

साथ अपने को जोड़कर, वह अपने भावी जीवन पर विचार कर रहा था। वास्तव में, ललिता बचपन से ही उसके परिवार में इस प्रकार से घुल-मिल गयी थी कि वह उस परिवार का एक अभिन्न अंग बन चुकी थी। अत: वह उसके बिना अपने भावी जीवन की कल्पना ही नहीं कर सकता था। अब उसे न पा सकने के कारण वह काफ़ी चिन्तित और परेशान था। उसे भली प्रकार मालूम था कि उसके माता-पिता ललिता को अपनी बहू बनाने को कभी तैयार नहीं होंगे और इसलिए वह किसी दूसरे की बन जायेगी। परदेस जाने से पहले, ललिता के गले में जयमाला डालकर वह जिस सम्बन्ध को स्थिर कर गया था, अब उसका क्या होगा ? उसे यह चिन्ता बेहद परेशान किये जा रही थी।

परदेस में गुरुचरण के धर्म-परिवर्तन की बात को सुनकर वह ललिता से हाथ धोने की आशंका से चिन्तित हो उठा था। वह अपनी इस चिन्ता के दु:खद परिणाम से भली प्रकार परिचित था। अब तक उसे इस बात की चिन्ता थी कि शायद ललिता को प्राप्त ही न किया जा सके, किन्तु आज की बातचीत से ललिता ने विषय को नया मोड़ दे दिया था। अब शेखर की चिन्ता यह थी कि जब वह ललिता की छोड़ नहीं सकेगा, तो उसे पाने के लिए वह करे, तो क्या करे ?

शेखर ने यह कभी नहीं सोचा था कि ललिता उसके प्रति इस प्रकार पूर्णत: समर्पित हो जायेगी, बिना किसी संशय अथवा आशंका के उस पर दृढ़ विश्वास करने लगेगी और अपने को उसकी विवाहिता मान लेगी। यद्यपि एक दिन उसने स्वयं अपने मुंह से कहा था, "जो होना था, वह हो गया है। अब न तो तुम अपने वचन से पीछे हट सकती हो और न मैं अपने वचन से मुकर सकता हूं।" वास्तव में, शेखर ने उस समय भावावेश में कहने को, तो यह सब कह दिया था, किन्तु इन शब्दों के अर्थ और परिणाम की उसने कोई कल्पना नहीं की थी। शायद उस समय इन बातों पर सोच-विचार करने के लिए न तो उसके पास समय था और न ही सामर्थ्य था। उस समय उसके सिर पर चांद था, चारों ओर मादक चांदनी छिटकी थी, गले में माला झूल रही थी और हृदय पर प्रियतमा का धड़कता वक्ष:स्थल था। प्रेम के उन्माद में एक-दूसरे के अधरामृत का स्वाद लेते प्रणयीजनों के सामने सांसारिक मर्यादा की ओर ध्यान

देने के लिए अवकाश ही कहां होता है ? उस समय पिता की सहमति मिल पाने अथवा न मिल पाने पर विचार करने के लिए भी उसके पास समय कहां था ? सोचा था कि मां ललिता को अपनी पुत्री मानती है, इसलिए अपने बेटे की प्रसन्नता के लिए सहमत होने में कोई बाधा सामने नहीं आयेगी और फिर वह आगे मनाने का मोरचा भी संभाल लेगी, किन्तु उसे क्या मालूम था कि गुरुचरण अपने इस दूषित व्यवहार से उसकी छाती पर पत्थर रख देगा और उसकी योजना को छिन्न-भिन्न कर देगा।

वास्तव में, वर्तमान स्थिति में शेखर के लिए इस विषय में चिन्ता करने का कोई अर्थ ही नहीं रह गया था; क्योंकि उसे यह भली प्रकार से ज्ञात था कि वर्तमान स्थिति में धन के लोभी और क्रोध की मूर्ति उसके पिता की बात तो दूर रही, करुणा और ममता की सजीव मूर्ति उसकी मां को भी इस सम्बन्ध के लिए राज़ी करना कदापि सम्भव नहीं था।

एक गहरी सांस लेकर शेखर स्वयं को किंकर्तव्यविमूढ़ एवं विक्षिप्त अनुभव करने लगा। उसे इस बात की पूरी जानकारी है कि ललिता दृढ़निश्चय वाली लड़की है। जब उसने एक बार अपने को शेखर की विवाहिता मान लिया है, तो जीवन-भर वह अपने धर्म से विचलित नहीं हो सकती। यही कारण था कि वह आज शाम के अंधेरे में उसकी देह से सटकर आ खड़ी हुई थी।

गिरीन्द्र के साथ ललिता के विवाह की बात चल रही है, किन्तु ललिता इसके लिए कभी राज़ी नहीं होगी, कोई उसे विवश नहीं कर सकेगा। वह मेरे साथ अपने विवाह के रहस्य को उजागर कर देगी। मैंने भी तो केवल माला ही नहीं बदली, अपितु उसे अपनी छाती से भीचा, उसका चुम्बन लिया और आलिंगन किया है। उसने भी बाधा नहीं डाली, डालती भी क्यों ? वह किसी ग़ैर के साथ नहीं, अपितु अपने पति की बाहों में ही थी। वास्तव में, हम दोनों ने एक-दूसरे पर विश्वास किया, एक-दूसरे के प्रति समर्पण किया और अपने अधिकार का उपयोग किया।

शेखर के सामने यह निश्चित था कि उसे ललिता के साथ अपने विवाह के लिए अपने माता-पिता को राज़ी करना ही होगा, परन्तु यदि इससे पहले

गिरीन्द्र से ललिता के विवाह न करने का कारण सार्वजनिक हो गया, तो फिर उसकी कैसी भद्द बनेगी और उस स्थिति में उसके लिए किसी को अपना मुंह दिखाना कैसे सम्भव होगा?

: 10 :

ललिता को पाना असम्भव मानकर शेखर ने उसकी आशा छोड़ दी। उलटे वह कुछ दिनों तक इस बात के लिए चिन्तित और भयभीत रहा कि कहीं ललिता अपने साथ घटी घटना का पर्दाफ़ाश न कर दे और फिर उसे अपनी निर्दोषिता सिद्ध करने के लिए एक-एक को सफ़ाई न देनी पड़े, साथ ही इसके लिए लज्जित एवं अपमानित न होना पड़े, किन्तु इस बीच ऐसा कुछ नहीं हुआ। ऐसा कोई संकेत नहीं मिला कि ललिता ने किसी के आगे इस रहस्य को खोला हो। यहां तक कि उस घर से इस घर में किसी का आना-जाना तक नहीं हुआ।

शेखर इन दिनों इस आशंका से अपने घर की छत पर भी नहीं जाता; क्योंकि अपने घर की छत से ललिता के घर का सब कुछ दिखाई देने से कहीं ललिता न दिख जाये। इस प्रकार बिना किसी विघ्न-बाधा के पूरा एक महीना बीत जाने पर शेखर ने चैन की सांस ली और सन्तुष्ट होकर सोचने लगा कि स्त्रियां तो लज्जा और संकोच की मूर्तियां होती हैं। उनके लिए अपनी अवाञ्छित गतिविधियों को प्रकट करना सम्भव ही कहां होता है? शेखर कभी बचपन में सुनी इस बात—छाती फटने की स्थिति में भी स्त्रियां प्राय: अपनी ग़लती को दूसरों के सामने प्रकट नहीं करतीं—की सत्यता पर विश्वास करने लगा। इस दृष्टि से सृष्टिकर्ता द्वारा स्त्रियों को दुर्बल एवं असमर्थ बनाये जाने पर वह भगवान् की प्रशंसा करने लगा। लेकिन इतना सब होने पर भी वह अपने आपको अपराध-बोध से एकदम मुक्त अनुभव न कर सका। उसे लगा कि उसके हृदय की वेदना उत्तरोत्तर बढ़ती और उसे चारों ओर से अपने घेरे में लपेटती जा रही है। वह आशंका और संशय को छोड़ नहीं पा रहा था। रह-रहकर उसे यह डर परेशान करने लगता था कि ललिता कहीं किसी के सामने मुंह तो नहीं खोल

देगी ? क्या वह किसी अन्य को अपनाते समय तक पूर्णत: मौन बनी रह सकेगी ? उसे यह भी समझ नहीं आता था कि ललिता के किसी अन्य पुरुष से विवाह करके उसका घर बसाने पर उसे परेशानी क्यों होती है? उसके लिए यह सब असह्य क्यों हो रहा है? उसके हृदय में एक प्रकार से ईर्ष्या की ज्वाला क्यों धधकने लगती है ?

पहले शेखर कहीं पार्क में घूमने न जाकर घर की छत पर ही घूमता रहता था। इतने दिनों तक, अब भी वह यहीं घूमता आ रहा था, किन्तु उसके लिए आश्चर्य की बात यह है कि आज तक उस घर का एक भी व्यक्ति उसे दिखाई नहीं दिया था। एक दिन अन्नकाली अवश्य किसी काम से छत पर आयी और शेखर पर दृष्टि पड़ते ही उसने अपना सिर झुका दिया और इससे पहले कि शेखर उसे बुलाने अथवा न बुलाने के बारे में कोई निर्णय कर सकता, वह नीचे लौट गयी। शेखर को यह समझने में देर न लगी कि हम लोगों द्वारा छत की दीवार को ऊंचा करने के प्रयोजन को यह लड़की भी समझती है।

इसी प्रकार एक महीना और बीत जाने के बाद, एक दिन भुवनेश्वरी ने शेखर से पूछा, ''क्या तुमने कभी ललिता को देखा है ?''

सिर हिलाकर शेखर ने उत्तर दिया, ''नहीं तो ?''

''लगभग दो महीनों के बाद कल अचानक वह मुझे छत पर दिख गयी। मैं तो उसे देखकर पहचान ही नहीं सकी। उसका केवल शरीर ही दुबला-पतला नहीं हो गया है, अपितु चेहरा भी एकदम कुम्हला गया है। उसकी गम्भीरता को देखकर तो लगता है, मानो चौदह वर्ष की लड़की असमय में बूढ़ी दादी बन गयी है।'' कहते हुए भुवनेश्वरी की आंखों से आंसू बह निकले। धोती के पल्लू से आंसू पोंछकर रुंधे गले से वह बोली, ''उसने मैली-कुचैली धोती पहन रखी थी, उसके पल्लू में भी थेगली लगी थी।'' मैंने पूछा, ''बिटिया! क्या तेरे पास और धोती नहीं है ?'' वह बोली, ''है क्यों नहीं ?'' किन्तु उसके इस कथन पर मुझे विश्वास नहीं हुआ; क्योंकि आज तक उसने कभी अपने मामा द्वारा दिये कपड़े पहने ही नहीं थे, वह तो सदैव मेरे दिये कपड़े ही पहनती थी। मैंने तो छह-सात महीनों से उसे कुछ दिया नहीं। इसके आगे भुवनेश्वरी से कुछ भी बोला नहीं गया। कुछ देर तक आंखों को पोंछते रहने के बाद वह

धीरे-से बोली, "वास्तव में, ललिता मुझे अपनी लड़की-जैसी लगती है।"

शेखर मुंह फेरकर चुपचाप सब कुछ सुनता रहा।

कुछ देर तक चुप रहने के बाद शेखर की मां फिर बोली, "यह लड़की मेरे सिवा और किसी से कभी कुछ मांगती ही नहीं थी। यहां तक कि समय-असमय भूख से व्याकुल होने पर भी कभी किसी के आगे हाथ नहीं फैलाती थी। वह केवल मेरे आसपास घूमती रहती थी और मैं उसका सूखा चेहरा देखकर उसके भूखा होने को भांप लेती थी। उसकी इस आदत को याद करके मैं कह सकती हूं कि वह भूख से व्याकुल होने पर भी किसी के आगे मुंह नहीं खोलती होगी। उसके मन की बात को न समझने के कारण किसी का उस बेचारी की ओर ध्यान ही नहीं जाता होगा। शेखर! वह मुझे केवल मां कहती ही नहीं थी, अपितु मां का आदर, सम्मान और प्यार भी देती थी।"

मां के चेहरे पर देखने का साहस न जुटा पाने के कारण शेखर पहले की भांति उसी ओर देखता रहा, फिर बोला, "मां! जब इतनी परेशान हो रही हो, तो उसे बुलाकर उसकी ज़रूरतों के बारे में उससे पूछ क्यों नहीं लेतीं?"

"अब भला वह क्यों कुछ लेगी? इन्होंने जब आने-जाने और मिलने-जुलने का रास्ता ही बन्द कर दिया, तो मैं उसे किस मुंह से बुला सकती हूं? माना कि दु:ख-संकट के कारण कुछ भी रास्ता न पाते लालाजी ने धर्म-परिवर्तन करने की भारी ग़लती कर डाली, किन्तु हम तो उनके अपने थे, उनसे प्रायश्चित्त कराकर उनकी इस ग़लती को सुधार लेते। हमने सहानुभूति और उदारता का प्रदर्शन तो किया नहीं, उलटे दीवार उठवाकर उन्हें अपने से और भी दूर कर दिया। मैं तो कहती हूं कि वास्तव में, हम लोगों के व्यवहार से तंग आकर लालाजी को अपनी जाति खोनी पड़ी है। एक तरह से देखा जाये, तो मेरे विचार में उन्होंने ठीक ही किया है। हमारी अपेक्षा तो गिरीन्द्र उनके साथ कहीं अधिक आत्मीय व्यवहार कर रहा है। इस लड़के के साथ विवाह करके ललिता सुख से जी सकेगी। मैंने अगले महीने इन दोनों के विवाह होने की सुनी है।

अचानक चौंककर शेखर ने पूछा, "क्या कहा, अगले महीने दोनों का विवाह हो रहा है?"

"सुना तो है।"

शेखर ने और कुछ नहीं पूछा।

कुछ देर बाद मां बोली, ''ललिता बता रही थी कि आजकल उसके मामा की तबीअत ठीक नहीं रहती। तबीअत ठीक रहे भी कैसे? एक तो मन को चैन नहीं, फिर घर में दिन-रात का रोना-धोना और चख़-चख़। उस बेचारे को तो एक मिनट के लिए चैन नहीं।''

मां की बात को चुपचाप सुनता शेखर अब भी चुप रहा, कुछ नहीं बोला। फिर उठकर बिस्तर पर जा लेटा और ललिता के बारे में सोचने लगा।

शेखर के मकान वाली गली इतनी चौड़ी नहीं कि एक ही समय उसमें से एक गाड़ी का आना और दूसरी का जाना हो सके। दूसरी गाड़ी को गुज़रने का स्थान देने के लिए एक गाड़ी को एक ओर किनारे पर ठहरना पड़ता है। यही कारण था कि इस घटना के आठ-दस दिनों के बाद शेखर के ऑफ़िस की गाड़ी को गुरुचरण के मकान के सामने रुकना पड़ा। शेखर ने उतरकर दूसरी गाड़ी के मालिक के बारे में पूछा, तो पता चला कि डॉक्टर आया है।

शेखर को गुरुचरण के कुछ दिनों से अस्वस्थ होने का पता अपनी मां से चला था। इसलिए चिन्तित शेखर अपने घर जाने की अपेक्षा सीधा गुरुचरण के कमरे में चला गया। शेखर ने देखा कि गुरुचरण निर्जीव-सा पड़ा है, डॉक्टर उसकी परीक्षा कर रहा है तथा उदास-चिन्तित हुए गिरीन्द्र और ललिता उसके पास बैठे हैं।

महल्ले का होने के कारण शेखर से भली प्रकार परिचित डॉक्टर रोगी की जांच-परख करने के बाद बाहर आकर शेखर के पास बैठ गया। पीछे से रुपये लेकर अपने को विदा करने आये गिरीन्द्र को सावधान करते हुए डॉक्टर ने कहा, ''यदि जलवायु-परिवर्तन की व्यवस्था की जा सके, तो रोग पर नियन्त्रण पाया जा सकता है। हां, उपेक्षा करने से परिणाम का भयंकर होना निश्चित है।''

डॉक्टर के चले जाने पर दोनों—गिरीन्द्र और शेखर—गुरुचरण के पास आ गये, तो ललिता ने चुपके से गिरीन्द्र को संकेत करके उसे अपनी ओर बुलाया और उससे कुछ कहा। शेखर गुरुचरण की स्थिति पर विचार करते हुए परेशान-सा लग रहा था। शेखर के दोबारा आने से अनजान गुरुचरण दूसरी

ओर करवट लेकर लेटा था।

कुछ देर के बाद शेखर घर जाने के लिए उठ खड़ा हुआ। अभी तक बातों में उलझे गिरीन्द्र और ललिता ने न तो उससे बैठने का औपचारिक अनरोध किया और न ही उससे बात करने की शिष्टता का निर्वाह किया।

ललिता के आज के व्यवहार से शेखर को विश्वास हो गया कि ललिता ने सचमुच ही उसे विवाह की ज़िम्मेदारी से मुक्त कर दिया है, अतः उसे इस बारे में दिन-रात परेशान होने की कोई आवश्यकता नहीं है। घर आने पर अपने प्रत्यक्ष अनुभव के आधार पर उसका इस परिणाम पर पहुंचना ग़लत नहीं था कि अब ललिता उसे अपना वचन न निभाने के लिए कोसेगी नहीं। गिरीन्द्र उन लोगों का आत्मीय-बन्धु-जैसा है। उस घर की सभी आवश्यकताओं की पूर्ति का ज़िम्मा उसी ने ले रखा है। वही उस परिवार के सुख-दुःख का साथी है। ललिता अब मुझे अपना कुछ भी नहीं समझती, तभी तो उसने विपत्ति के इस बुरे समय में मुझसे कुछ सलाह-मशवरा करने की कोई आवश्यकता नहीं समझी।

ठण्डी आह भरकर और सिर झुकाकर शेखर आरामकुर्सी पर बैठ गया। उसे याद आया कि उसे देखकर ललिता ने अपने सिर को दुपट्टे से ढक लिया था, मानो वह बाहर का व्यक्ति हो, एकदम ग़ैर और अजनबी। फिर, उसके सामने वह गिरीन्द्र को एक ओर ले जाकर उससे बतियाती रही। मज़े की बात यह थी कि एक दिन उसने ललिता को इसी गिरीन्द्र के साथ थिएटर जाने से रोक दिया था।

एक बार तो शेखर को लगा कि शायद अपने साथ के गुप्त सम्बन्ध की याद आने पर ललिता ने ऐसा कुछ किया होगा, परन्तु यह सोच उसके गले के नीचे नहीं उतरी। उसे इस बात की हैरानी थी कि इतनी बड़ी बात हो जाने पर भी, ललिता ने एक बार भी किसी बहाने उससे कुछ पूछने की ज़रूरत नहीं समझी।

इतने में उसने अपनी मां की आवाज़ सुनी। वह उच्च स्वर में उसे पुकारते हुए कह रही थी, ''शाम हो गयी है और अभी तूने मुंह-हाथ नहीं धोये।''

मां से छिपकर शेखर चुपके से सीढ़ियां उतरकर नीचे आ गया। पिछले

कई दिनों से अनेक दृष्टिकोणों से घटना के विभिन्न पक्षों पर विचार करते हुए शेखर का ध्यान इधर नहीं जाता था कि आख़िर दोषी कौन है? ललिता ने आज तक उससे न स्वयं कभी किसी आशा रखने-जैसी कोई बात कही और न ही ऐसा कुछ कहने का उसे अवसर मिला। शेखर स्वयं भी इस दिशा में कोई पहल करने का साहस नहीं जुटा सका; क्योंकि वह डरता था कि कहीं ललिता किसी प्रकार का कोई दावा न ठोक दे अथवा उसकी हरकत का कच्चा चिट्ठा खोलकर न रख दे। इन्हीं बातों पर विचार करते हुए शेखर अपने को हैरान-परेशान अनुभव करता था और दोनों में सम्बन्ध के परिपक्व न होने का सारा दोष ललिता के माथे मढ़ता था। इसके साथ-ही-साथ वह इसे अपना अपमान समझकर ईर्ष्या, क्रोध और अहंकार की ज्वाला से अपने को जलाये जा रहा था।

हमें तो समझ नहीं आता कि क्या हम शेखर के इस प्रकार के चिन्तन को पुरुषों द्वारा स्त्रियों के बारे में ऐसी सोच का ही एक रूप मानें अथवा इसे उसका निजी दृष्टिकोण समझें! गहरायी से सोचने पर यही परिणाम निकलता है कि पुरुष प्रायः स्त्रियों के बारे में ऐसी सोच रखते हैं और फिर अपनी लगायी आग में दिन-रात जलते रहते हैं।

इस प्रकार परेशान शेखर सात दिनों के बीत जाने पर भी आज अपने कमरे में जड़ बनकर बैठा इसी चिन्ता में अपने को जलाये जा रहा था। अचानक दरवाज़े के पास शोर सुनकर उसका ध्यान उधर गया, तो उसके हृदय की सुलगती आग तीव्रता से धधकने लगी। अपनी छोटी बहिन काली को अपने साथ लायी ललिता कमरे में आकर फ़र्श पर बिछे कालीन पर बैठ गयी। काली बोली, ''शेखर भैया! कल हम दोनों बहिनों को चला जाना है, अतः जाने से पहले हम दोनों आपको प्रणाम करने आयी हैं।''

उन दोनों बहिनों के चेहरे पर देखते हुए शेखर मुंह से कुछ भी न बोल सका। बस, पागलों की तरह देखता ही रहा।

काली बोली, ''भैया! आपकी छत्रछाया में रहते हुए न जाने हमसे कैसे और कितने अपराध हुए होंगे, उन सब के लिए हम क्षमायाचना करती हैं।''

शेखर को यह समझते देर न लगी कि काली अपनी ओर से कुछ नहीं

कह रही है। उसे जो सिखाया-पढ़ाया गया था, वह वही उगल रही है। इसकी उपेक्षा करते हुए उसने पूछा, "तुम लोग कल कहां जा रहे हो?"

"पश्चिम की ओर। गिरीन्द्र बाबू का मकान मुंगेर में है। हम बाबूजी को लेकर वहां जा रहे हैं। बाबूजी के वहां पूर्ण स्वस्थ हो जाने पर भी शायद हम लोगों का यहां लौटना नहीं हो सकेगा; क्योंकि डॉक्टर के अनुसार कलकत्ता का जलवायु बाबूजी के स्वास्थ्य के लिए अनुकूल नहीं है।"

"इस समय उनका स्वास्थ्य कैसा है?"

"पहले से बेहतर है।" कहने के बाद अपने आंचल से साड़ियां निकालकर शेखर को दिखाते हुए बोली, "ताईजी ने इतनी सारी साड़ियां दी हैं।"

अब तक चुप बैठी ललिता ने उठकर एक चाबी मेज़ पर रख दी और फिर बोली, "इतने दिनों तक अलमारी की चाबी मेरे पास थी, अब संभाल लीजिये।" हलका-सा हंसते हुए वह बोली, "किन्तु रुपया एक भी नहीं बचा है, मैंने सारे रुपये ख़र्च कर डाले हैं।"

शेखर के चुप रहने पर ललिता को सम्बोधित करते हुए काली बोली, "दीदी! रात होने लगी है, हमें अब चलना चाहिए।"

ललिता के मुंह खोलने से पहले ही उसकी ओर देखते हुए शेखर जल्दी से काली से बोला, "मेरी प्यारी बहिन! जा, ज़रा नीचे से मेरे लिए पान तो ले आ।"

काली के हाथ को पकड़ते हुए ललिता उससे बोली, "छुटकी! तू यहां बैठ, पान मैं लेकर आती हूं।" कहते हुए ललिता चली गयी और थोड़ी देर में पान लाकर उसने काली को थमा दिये, काली ने शेखर बाबू के सामने रखकर दिये।

हाथ में पान लेकर भी शेखर जड़ बनकर बैठा रहा।

इसके बाद दोनों बहिनों ने शेखर को सादर प्रणाम किया और फिर जाने की अनुमति मांगकर दोनों अपने घर लौट गयीं।

किंकर्तव्यविमूढ़ बनकर बैठा शेखर समझ नहीं पा रहा था कि दोनों बहिनों के इस व्यवहार को अपना सम्मान समझे अथवा अपमान! अपने प्रति उनका निश्छल स्नेह समझे अथवा कोरा प्रदर्शन! ललिता तो अपनी बात कहकर चलती

बनी, किन्तु शेखर के लिए उसे सामान्य रूप से लेना सम्भव नहीं हो पा रहा था। वह भली प्रकार जानता था कि ललिता सोची-समझी योजना के अन्तर्गत ही काली को अपने साथ लायी थी; क्योंकि वह किसी बात को फिर से छेड़े जाने के पक्ष में नहीं थी। यह सब समझकर शेखर का मन व्यथित हो उठा और उसके सिर में भयंकर दर्द होने लगा, अत: वह उठकर चुपचाप बिस्तर पर लेट गया।

: 11 :

मुंगेर जाने पर भी गुरुचरण स्वास्थ्य-लाभ न कर सका। एक वर्ष तक दु:ख-कष्ट भोगने के बाद वह भगवान् को प्यारा हो गया। गिरीन्द्र सचमुच ही उनसे स्नेह करने लगा था, इसलिए उसने अपनी ओर से रोगी की चिकित्सा और सेवा में कोई कोर-कसर नहीं उठा रखी, किन्तु विधाता के आगे किसी की कुछ भी नहीं चलती।

मरने से पहले गुरुचरण ने गिरीन्द्र का हाथ पकड़कर न केवल उसके प्रति कृतज्ञता प्रकट की थी, न केवल उसकी उदारता और आत्मीयता के लिए उसकी भूरि-भूरि प्रशंसा की थी, अपितु इस मित्रता को रिश्ते-नाते में बदले जाने की कामना भी की थी। उसे दु:ख था कि वह अपने जीवनकाल में गिरीन्द्र को अपने दामाद के रूप में नहीं देख सका और उसे अपना आशीर्वाद नहीं दे सका, परन्तु यदि उसकी मृत्यु के बाद भी उसकी यह इच्छा पूर्ण हो गयी, तो वह स्वर्ग से गिरीन्द्र पर कोटि-कोटि आशीर्वादों की वर्षा करेगा। गिरीन्द्र ने भी मरते हुए इस असहाय वृद्ध को आश्वासन देकर उसकी मृत्यु को सुखद बना दिया था।

गुरुचरण के कलकत्ता वाले मकान के किरायेदार से भुवनेश्वरी को उसके स्वास्थ्य के बारे में जानकारी मिलती रहती थी। किरायेदार से ही शेखर की मां को गुरुचरण के परलोक सिधारने का पता चला था।

इसके कुछ दिनों बाद ही शेखर के पिता नवीनराय भी अचानक मृत्यु का

शिकार हो गये। इस दुःख को न झेल पाने के कारण भुवनेश्वरी ने घर–गृहस्थी का सारा ज़िम्मा बहू को सौंप दिया और स्वयं काशी चली गयी। उसने अगले वर्ष तक शेखर के विवाह को टाल दिया।

शेखर का रिश्ता स्वयं उसके पिता नवीनराय ने निश्चित किया था और यदि अचानक उनकी मृत्यु न हो जाती, तो विवाह भी सम्पन्न हो जाता, किन्तु उनकी मृत्यु के कारण एक वर्ष के लिए इसे स्थगित करना आवश्यक हो गया था। कन्यापक्ष वाले इतनी लम्बी प्रतीक्षा के लिए तैयार नहीं थे, इसलिए वे लड़के को कल ही आशीर्वाद दे गये थे और इसी महीने विवाह सम्पन्न करना चाहते थे। इसलिए मां को लाने के लिए शेखर बनारस जाने की तैयारी क़र रहा है, अलमारी से कपड़े तथा ज़रूरत की दूसरी चीज़ें निकालकर बक्से में रख रहा है। इस समय उसे ललिता की याद सताने लगी है; क्योंकि अब तक शेखर के सामान बांधने का काम ललिता ही निभाती आ रही है।

ललिता को यहां से गये तीन वर्ष से कुछ अधिक समय बीत गया है, शेखर को न कभी उसकी याद आयी और न ही उसकी कभी कोई ज़रूरत पड़ी। सच पूछो, तो शेखर को ललिता के नाम से ही चिढ़ लगने लगी है, उसकी ललिता में रुचि ही नहीं रही, किन्तु आज अचानक उसे ललिता की याद आने लगी और वह सोचने लगा कि यदि कहीं से उसका कोई समाचार मिल जाता, तो बहुत अच्छा होता। उसे गिरीन्द्र के आर्थिक दृष्टि से सम्पन्न होने की पूरी जानकारी थी, इसलिए वह ललिता आदि के सुखी होने के प्रति पूर्ण आश्वस्त था, फिर भी, वह यह जानने को उत्सुक हो उठा कि क्या ललिता का गिरीन्द्र के साथ विवाह हो गया है अथवा नहीं? इसके अतिरिक्त दोनों का गृहस्थ जीवन कैसा चल रहा है, यह जानने में भी उसकी रुचि थी।

दो महीनों से गुरुचरण के मकान में कोई किरायेदार नहीं रहता। एक बार तो शेखर के मन में आया कि चारु के पिताजी गिरीन्द्र के समाचार से अवश्य परिचित होंगे, अतः उनसे जानकारी प्राप्त करनी चाहिए। कुछ देर के लिए बक्से में सामान रखना छोड़कर वह खिड़की में से शून्य में देखने लगा। इतने में पुरानी महरी ने आकर शेखर से कहा कि काली की मां उससे मिलना चाहती है।

आश्चर्य प्रकट करते हुए शेखर बोला, ''काली की मां ने मुझे किसलिए याद किया है?''

गुरुचरण के मकान की ओर संकेत करते हुए महरी विनम्रता से बोली, ''बाबू! उस घर में रहने वाली काली की मां कल रात मुंगेर से यहां लौट आयी हैं।''

''चलो, आता हूं।'' कहकर शेखर वहां जाने के लिए उसी समय सीढ़ियां उतरने लगा।

उस समय सूर्य ढलने लगा था। शेखर के उस घर में प्रवेश करते ही विधवा बनी महिला गला फाड़कर अपने रुदन से ज़मीन-आसमान को दहलाने लगी। शेखर चुपचाप उस महिला के पास बैठ गया। अपने पति के लिए बिलखती विधवा को देखकर, उसे भी अपने पिता का स्मरण हो आया और वह भी अपनी आंखों को पोंछने लगा।

थोड़ी देर में दीया जलाने के लिए कमरे में आयी ललिता ने शेखर को देखा, तो दूर से उसे प्रणाम किया और कुछ देर के लिए वह वहां रुकी, फिर चुपचाप वापस चल दी। सत्रह वर्ष की इस लड़की को परायी स्त्री मानकर शेखर को न तो आंख भरकर उसे देखना उचित लगा और न ही उससे बातचीत करना शिष्टतापूर्ण लगा, फिर भी कनखियों से देखने पर उसे स्पष्ट हो गया कि यह लड़की जहां पहले से कुछ अधिक बड़ी हो गयी है, वहीं पहले से कहीं अधिक दुबली भी हो गयी है।

काफ़ी देर तक रोने-धोने के बाद स्वस्थ और सामान्य होने पर गुरुचरण की विधवा ने कहा, ''मेरी इच्छा अपने इस मकान को बेचकर अपने दामाद के साथ मुंगेर में रहने की है। तुम्हारे पिताजी इस मकान को ख़रीदने के इच्छुक थे। यदि ऐसा हो सके, तो मुझे यह प्रसन्नता होगी कि एक तो मकान घर-का-घर में रहेगा, दूसरे, मुझे इसका उचित दाम मिल जायेगा और तीसरे, यदि मुझे कभी मुंगेर से यहां आना भी पड़ा, तो मुझे यहां रहने की सुविधा सुलभ रहेगी।''

शेखर ने कहा, ''मां से पूछकर जैसा भी बन पड़ेगा, वैसा आपको बता दूंगा।''

काली की मां ने पूछा, ''क्या इस बीच दीदी का यहां आना नहीं हो

सकेगा ?" शेखर ने बताया कि वह आज रात ही अपनी मां को लेने बनारस जा रहा है। इसके बाद दोनों ने एक-दूसरे को अपने-अपने स्थान के छोटे-बड़े समाचारों से अवगत कराया। शेखर ने अपने विवाह से सम्बन्धित तिथि, प्राप्त होने वाला धन तथा आभूषण, पिताजी की मृत्यु का विवरण तथा अपनी मां की व्यथा-कथा की जानकारी उस विधवा को करायी। इसके अतिरिक्त उस स्त्री ने और जो कुछ पूछा, शेखर ने उस सबका यथोचित उत्तर दिया।

शेखर के उस घर से निकलते समय चांदनी काफ़ी छिटकी हुई थी, अपनी बहिन के घर जाने के लिए ऊपर से नीचे उतरते गिरीन्द्र को देखकर गुरुचरण की विधवा शेखर से बोली, "तुम शायद गिरीन्द्र से नहीं मिले हो? गिरीन्द्र सचमुच बहुत अच्छा लड़का है, इसलिए मुझे विश्वास है कि उससे मिलने पर तुम्हें अवश्य प्रसन्नता प्राप्त होगी।"

"मैं गिरीन्द्र से मिल चुका हूं और उसकी सज्जनता के सम्बन्ध में आपके कथन से पूर्ण सहमत हूं।" कहकर वह बाहर चल दिया, किन्तु बाहर आकर बैठक के सामने उसे रुक जाना पड़ा।

ओट में छिपकर खड़ी ललिता ने पूछा, "क्या आप आज ही मां को लेने के लिए जा रहे हैं?"

"हां।"

"क्या मांजी वहां अधिक परेशान हैं?"

"हां, वह तो लगभग पागल-सी हो गयी हैं।"

"आपका स्वास्थ्य कैसा है?"

"ठीक है।" कहकर वह जल्दी से चला गया।

पूरे रास्ते में शेखर अपने को काफ़ी अस्थिर और बेचैन-परेशान अनुभव करता रहा। वास्तव में, उसे ललिता से इतनी अधिक घृणा हो गयी थी कि वह उसका मुंह देखना, तो क्या, नाम सुनना भी पसन्द नहीं करता था। इसलिए ललिता से हुई बातचीत को अवाञ्छित मानकर वह अपने को अपवित्र हो गया-सा मानने लगा था। गुरुचरण की पत्नी के इस कथन—लड़की का विवाह दुःख की घड़ी में हुआ, फिर भी ललिता ने शेखर को पत्र द्वारा निमन्त्रित करने को कहा था, किन्तु मैंने ही उसे उचित नहीं समझा—पर अपने मन में प्रतिक्रिया

व्यक्त करते हुए शेखर बोला, 'कैसी निर्लज्ज और धृष्ठ लड़की है?' शेखर को उसके इस आचरण के लिए उसे कुलटा तक कहने में भी संकोच नहीं हुआ। काफ़ी देर तक इस लड़की और इसके परिवार के विषय में सोचते रहने के बाद शेखर ने अपना सारा सामान बांधा और फिर गाड़ी में देर होने के कारण चारपाई पर लेट गया।"

: 12 :

अपने विवाह से दस-बारह दिन पहले ही शेखर अपनी मां को लेकर घर लौट आया। तीन-चार दिनों के बाद, शेखर की मां के पास बैठी ललिता उसके किसी काम में उसका हाथ बंटा रही थी। शेखर को इस बात की कोई जानकारी नहीं थी। अचानक वह कमरे में आया, तो यह सब देखकर वह भौचक्का रह गया। शेखर को अपने सामने खड़ा देखकर ललिता चुपचाप अपना काम करने लगी।

शेखर को देखकर मां ने कहा, "हां, बोल बेटे।"

शेखर को याद ही न रहा कि वह किस काम के लिए यहां आया था। इसलिए खिसियाता हुआ वह जल्दी से "कुछ नहीं" कहकर वापस हो लिया। शेखर ललिता के चेहरे को तो भली प्रकार से नहीं देख सका, किन्तु उसके हाथों पर उसकी नज़र अवश्य पड़ गयी। उसके हाथों में केवल कांच की दो-दो चूड़ियां देखकर मन-ही-मन मुसकराते हुए वह बोला, "यह भी एक अजीब तमाशा है। मुझे तो यह सब ढोंग लगता है।"

वास्तव में, गिरीन्द्र के धन-सम्पन्न होने पर भी उसकी पत्नी के हाथों का रीता—बिना आभूषणों के,एक प्रकार से अपशकुन-जैसा सूना—होना शेखर की समझ से बाहर था।

उसी दिन शाम के समय सीढ़ियां चढ़कर ऊपर आती ललिता की संयोगवश नीचे जाने के लिए सीढ़ियां उतरते शेखर से भेंट हो गयी। संकोचवश सिकुड़कर एक ओर खड़ी हो गयी ललिता विनम्र और धीमे स्वर में शेखर से बोली,

''आपसे एक बात कहनी थी?''

एक ओर रुका शेखर आश्चर्य प्रकट करते हुए बोला, ''मुझसे अब क्या कहना शेष रह गया है?'' कहते हुए वह तेज़ी से कदम बढ़ाकर चलता बना और बेचारी ललिता भी एक लम्बा व ठण्डा सांस लेकर चली गयी।

दूसरे दिन, अपने कमरे में बैठे और उस दिन का अख़बार पढ़ते शेखर को अपने पास गिरीन्द्र को आते देखकर काफ़ी आश्चर्य हुआ। शेखर को नमस्कार करके गिरीन्द्र एक कुर्सी पर बैठ गया और फिर शेखर भी नमस्कार का नमस्कार में उत्तर देकर और समाचारपत्र को एक ओर रखकर जिज्ञासु भाव से उसकी ओर देखने लगा। दोनों एक-दूसरे को पहचानते अवश्य थे, किन्तु आज तक दोनों में न तो कभी कोई बातचीत हुई थी और न ही किसी ने एक-दूसरे को अपने यहां कभी निमन्त्रित किया था।

गिरीन्द्र ने सीधे अपने आने के प्रयोजन के रूप में मूल विषय की चर्चा करते हुए कहा, ''मेरी सास अपना मकान आप लोगों को बेचने की बात आपसे कह चुकी हैं। वह चाहती हैं कि इस विषय में आप लोग शीघ्र निर्णय ले सकें, तो अच्छा होगा; क्योंकि उनके लिए मुंगेर जाना सम्भव हो सकेगा।''

गिरीन्द्र को देखकर शेखर ईर्ष्या भाव से जल रहा था, इसलिए उसे उसके आने पर तनिक भी प्रसन्नता नहीं हुई। रूखेपन के साथ वह बोला, ''आपकी बात ठीक है, किन्तु पिताजी के न रहने पर अब इस प्रकार के निर्णय लेने का अधिकार भैया के पास है। आपको उन्हीं से बात करनी चाहिए।''

मुसकराते हुए गिरीन्द्र बोला, ''इस तथ्य को हम भी जानते हैं। आपका कथन सर्वथा उपयुक्त है, किन्तु हम चाहते हैं कि इस बारे में आप ही उनसे बातचीत करें।''

शेखर बोला, ''मैं कहूं या आप कहें, इसमें कोई अन्तर नहीं पड़ता। इस समय उस परिवार के अभिभावक आप ही हैं।''

''यदि आप मेरे कहने की आवश्यकता समझते हैं और मुझे सलाह देते हैं, तो मुझे उनसे कहने में कोई आपत्ति नहीं, किन्तु बहिनजी की राय में आपके द्वारा रुचि लेने पर यह काम शीघ्रता से निबट सकता है।''

तकिए के सहारे लेटा शेखर सतर्क होकर उठ बैठा और उत्सुक होकर

बोला, "कौन बहिनजी?"

गिरीन्द्र ने कहा, "और कौन? ललिता बहिनजी कह रही थीं।"

सुनकर शेखर स्तब्ध रह गया। इसके आगे गिरीन्द्र ने क्या कहा—क्या नहीं कहा—इस ओर उसका ध्यान ही नहीं गया। कुछ देर तक विचारमग्न रहा और फिर उत्सुक दृष्टि से गिरीन्द्र के चेहरे पर देखते हुए वह बोला, "गिरीन्द्र बाबू! क्षमा करना, क्या आपका ललिता के साथ विवाह नहीं हुआ?"

गिरीन्द्र बोला, "आप कैसी अनुचित बात कर रहे हैं? घर के सभी लोग जानते हैं कि मेरा विवाह अन्नकाली से हुआ है। मरते समय गुरुचरणजी मुझसे अपनी लड़की से विवाह करने के लिए मुझे वचनबद्ध कर गये थे। उनकी मृत्यु के बाद बहिनजी ने किसी के लिए भी अज्ञात, पहले से ही अपने विवाह हो चुकने की और पति के जीवित होने की सारी बातें मुझे साफ़-साफ़ बता दी थीं। उनकी इस आत्मस्वीकृति पर किसी और को विश्वास आता अथवा न आता, किन्तु मैंने अविश्वास करने का कोई कारण नहीं देखा। मुझे यह भी मालूम था कि स्त्रियों का विवाह एक ही बार होता है, दोबारा-तिबारा नहीं। उसके...." सहसा शेखर की आंखों में आंसू देखकर गिरीन्द्र आश्चर्यचकित हो गया। वह अपना बोलना छोड़कर शेखर की व्याकुलता का कारण जानने को उत्सुक हो उठा। शेखर संकोच को छोड़कर बुरी तरह रोये जा रहा था, उसे इस बात का न तो ख़याल था और न ही चिन्ता थी कि दूसरे के सामने इस प्रकार अपनी मानसिक दुर्बलता को प्रकट किये जाने पर इसका क्या प्रभाव पड़ेगा?

उत्सुकता से रोते-बिलखते शेखर को देखकर गिरीन्द्र का शेखर के सम्बन्ध में सन्देह विश्वास में बदल गया। उसे विश्वास हो गया कि ललिता का स्वामी शेखर ही है, कोई अन्य नहीं। काफ़ी देर तक रोते रहने के बाद थोड़ा सामान्य हुआ शेखर अपनी आंखें पोंछकर अनुनय-विनय के स्वर में गिरीन्द्र से बोला, "बाबू! आप ललिता के शुभचिन्तक हैं और उससे स्नेह भी करते हैं न?"

इस प्रश्न से अपने को आहत अनुभव करते हुए गिरीन्द्र अपने ऊपर संयम रखते हुए बोला, "स्नेह भले ही कितना गहरा और असीम क्यों न हो और

किसी व्यक्ति के कल्याण की भावना भी कितनी उत्कट क्यों न हो, किन्तु किसी दूसरे की विवाहिता से प्रेम करने की सोचना निकृष्टता और पाप-कर्म है, विवाह करना, तो दूर की बात रही। इस विषय पर मैं चर्चा करना भी अनुचित समझता हूं और आपसे कोई और बात न कहने-सुनने की प्रार्थना करता हूं।'' कहकर वह मुसकराते हुए उठ खड़ा हुआ और बोला, ''आज तो जाने की अनुमति दीजिये, फिर किसी दिन भेंट हुई, तो मिल बैठेंगे।''

शेखर के मन में गिरीन्द्र के प्रति विद्वेष का भाव उग्रता की सभी सीमाओं को पार कर चुका था। इसलिए वह उस व्यक्ति से घृणा करने लगा था और उसकी छाया तक से बचने लगा था, किन्तु आज, वास्तविकता की जानकारी होने पर, वह अपनी मलिनता पर पछताने और अपने को कोसने लगा। धरती पर बार-बार माथा टेकते हुए शेखर उस ब्राह्मण के प्रति मन में दुर्भावना रखने के लिए भगवान् से क्षमायाचना करने लगा। वह अपने मन में यह जानकर विस्मयविमुग्ध हो उठा कि संसार में ऐसे लोग भी हैं, जो हंसते-हंसते प्रेम के मामले में भी स्वार्थ-त्याग कर सकते हैं तथा प्रेमपात्र के इतने अधिक निकट रहने पर भी अपने ऊपर संयम रखते हुए हंसते-हंसते अपने वचन का पालन कर सकते हैं। वास्तव में, उसके जीवन का यह एक नया अनुभव था।

दोपहर के समय ललिता के साथ अपने कमरे में बैठी भुवनेश्वरी कपड़ों के ढेर की संभाल और जांच-पड़ताल कर रही थी। शेखर आज ललिता को देखकर उससे घृणा करना अथवा उससे दूर भागना भूल गया था, इसलिए वह मां के पास बिस्तर पर बैठ गया, तो मां ने पूछा, ''क्या बात है बेटे?''

शेखर ने पलटकर पूछा, ''मां! यह सब क्या कर रही हो?''

नये कपड़ों में से किसको देना है और क्या इससे काम चल जायेगा अथवा और मंगाना पड़ेगा, इसका हिसाब लगा रही हूं।''

शेखर हंसते हुए बोला, ''यदि मैं विवाह ही न करूं, तो....।''

भुवनेश्वरी भी हंसते हुए उसी प्रकार मज़ाक़ के लहज़े में बोली, ''हां, क्यों नहीं, तुम क्या नहीं कर सकते हो?''

शेखर फिर हंसकर बोला, ''मां! अब यह विवाह नहीं होगा।''

चेहरे पर गम्भीरता का भाव लाकर भुवनेश्वरी बोली, ''ऐसी अशुभ और

गन्दी बातें मुंह पर नहीं लाते। कभी-कभी मज़ाक़ भी सच हो जाता है।''

शेखर भी गम्भीर होकर बोला, ''किन्तु मां! यदि अब भी मैंने मुंह नहीं खोला, तो महान् अनर्थ और भारी पातक हो जायेगा।''

कुछ न समझ पाती भुवनेश्वरी उत्सुकता और शंका से शेखर के चेहरे पर देखने लगी।

शेखर बोला, ''मां! आज तक तुमने मेरे न जाने कितने अपराध क्षमा किये हैं, कितनी ग़लतियों को अनदेखा किया है। इस विवाह को न करने के मेरे अपराध को भी क्षमा कर देना।''

शेखर के चेहरे के भाव और उसके स्वर की दृढ़ता को देखकर भुवनेश्वरी सकते में आ गयी और पिण्ड छुड़ाने के भाव से बोली, ''अच्छा, अब यह हंसी-मज़ाक़ फिर कभी कर लेना, अभी तो यहां से जा, मुझे कुछ काम करने हैं, बहुत सारे काम निबटाने को पड़े हैं।''

शेखर गम्भीर होकर बोला, ''मां! मैं मज़ाक़ नहीं कर रहा हूं, मुझे सचमुच यह विवाह नहीं करना है।''

''क्यों नहीं करना है, क्या यह बच्चों का खेल है?'' गम्भीर बनी भुवनेश्वरी ने पूछा।

''बच्चों का खेल नहीं है, इसीलिए मना कर रहा हूं मां!''

भुवनेश्वरी भयभीत और चिन्तित हो उठी। वह क्रुद्ध स्वर में बोली, ''आख़िर क्या बात है, मुझे साफ़-साफ़ बताओ।''

''मां! अभी यह विवाह रोक दो, फिर किसी दिन मैं बताऊंगा और आप सुनना।''

''जो कहना है, अभी बता। मैं इसी समय पूरी बात सुनना चाहती हूं, नहीं तो मैं आज ही काशी लौट जाऊंगी। मुझे रहस्य की दुनिया में नहीं रहना है।''

शेखर ने सिर को नीचे झुका लिया। भुवनेश्वरी चेतावनी के स्वर में बोली, ''तो फिर मैं जा रही हूं। ललिता भी मेरे साथ काशी चलने का हठ कर रही है, देखती हूं कि इसके लिए क्या व्यवस्था की जा सकती है।''

इस बार शेखर सिर उठाकर हंसते हुए बोला, ''मां! जब तुमने उसे अपने साथ ले जाना मान लिया, तो फिर और व्यवस्था की क्या चिन्ता है? सब कुछ

अपने आप हो जायेगा, मैं भी आप दोनों के साथ रहूंगा।''

शेखर के चेहरे को देखकर आश्वस्त हुई भुवनेश्वरी ललिता को सम्बोधित करते हुए बोली, ''सुन ले बेटी! शेखर समझता है कि मैं तुम्हें जहां चाहूं, ले जा सकती हूं। मुझे तुम्हारी मामी से भी कुछ पूछने की आवश्यकता नहीं है।''

ललिता ने कोई उत्तर देना ठीक नहीं समझा। वास्तव में, शेखर के मनोभाव को समझकर ललिता के लिए अपने मन की प्रसन्नता को समेटना सम्भव ही नहीं हो पा रहा था।

अन्तत: शेखर से रहा न गया और उसने कह ही दिया, ''मां! तुम जिससे जो कहना चाहो, शिष्टाचार अथवा लोकमर्यादा के निर्वाह के लिए भले ही वह सब कह दो, परन्तु होगा वही, जो तुम चाहोगी। यह तुम भी जानती हो, मैं भी जानता हूं और जिसे तुम अपने साथ ले जाने की बात कह रही हैं, इस तथ्य को वह भी जानती है। वास्तव में, वह तुम्हारी बहू है मां!'' यह कहकर शेखर ने तत्काल अपना सिर झुका लिया।

आश्चर्यचकित हुई भुवनेश्वरी अपनी सन्तान के इस परिहास पर गम्भीर होकर बोली, ''ज़रा फिर से कह, ललिता मेरी क्या लगती है?''

सिर नीचे किये धीमे, किन्तु दृढ़ स्वर में शेखर बोला, ''मां! कह तो दिया, अब तुम्हें कैसे समझाऊं कि आज से नहीं, यह तो पिछले चार वर्षों से तुम्हारी बहू है और तुम उसकी सास हो। उससे पूछकर देखो, क्या मैं ग़लत कह रहा हूं।''

भुवनेश्वरी ने ज्यों ही ललिता की ओर देखा, वह अपने गले में आंचल डालकर उसे प्रणाम करने आ रही थी। शेखर ललिता के साथ आकर खड़ा हो गया और फिर दोनों ने एक साथ मां के चरणों में अपना सिर रखा। इसके बाद शेखर कमरे से बाहर आ गया।

भुवनेश्वरी की आंखों से आंसू बह निकले। वह सचमुच ही ललिता को चाहती थी, अपितु उसे अपनी बेटी मानती थी और उससे प्यार करती थी। एक-एक करके सारी बातें जानने के बाद भुवनेश्वरी ने अपने सन्दूक से गहने निकालकर नयी बहू को पहना दिये और फुसफुसाते हुए बोली, ''अब पता

चला कि गिरीन्द्र ने काली से विवाह क्यों किया?''

ललिता बोली, ''मां! जब मैंने उन्हें अपने विवाह की बात बतायी, तो उन्होंने मेरी बात पर विश्वास कर लिया और मुझे बहिन मान लिया। मैंने भी उन्हें अपने दृढ़ विश्वास से परिचित करा दिया था कि मेरे स्वामी मुझे भले ही स्वीकार न करें, किन्तु मैं उनकी हूं और उनकी ही रहूंगी। मैं गिरीन्द्र भैया के व्यवहार और आचरण की जितनी भी प्रशंसा करूं, थोड़ी है। वास्तव में, उन-जैसे श्रेष्ठ पुरुष संसार में विरले ही मिलते हैं।

ललिता के सिर पर प्यार से अपना हाथ रखकर भुवनेश्वरी बोली, ''बेटी! तू सच कहती है, गिरीन्द्र सचमुच आदर्श पुरुष हैं, इसीलिए तुम दोनों को अपने मन का मीत मिल सका है। मैं तुम दोनों को सुखी गृहस्थ जीवन बिताने का आशीर्वाद देती हूं। हां, अविनाश के पास जाकर उसे बताती हूं कि शेखर का विवाह तो हो रहा है, किन्तु दुलहन बदल गयी है।'' कहते हुए वह बाहर चल दी।

***

मझली दीदी

किशन की मां चने-मुरमुरे भूनने-जैसे कष्टप्रद धन्धे से चौदह वर्षों तक किशन का पालन-पोषण करने के उपरान्त स्वर्ग सिधार गयी, तो किशन एकदम अकेला और असहाय पड़ गया। गांव में उसका अपना कहलाने वाला कोई सगा-सम्बन्धी नहीं था। हां, उसकी सौतेली बहिन कादम्बिनी की अच्छी आर्थिक स्थिति को देखकर सभी परिचितों ने किशन को कादम्बिनी के यहां आश्रय लेने का सुझाव दिया। मातृ-वियोग से अत्यधिक दुखी एवं शोकसन्तप्त किशन रोग का शिकार हो गया। थोड़ा ठीक होने पर गांव वालों से प्राप्त सहायता से उसने अपनी मां का श्राद्ध किया और फिर अपने घुटे सिर पर अपने सामान की छोटी-सी पोटली लादे, अपनी बहिन के घर आ पहुंचा। किशन के आने के कारण को जानकर कादिम्बनी अत्यधिक विचलित हो उठी। उसे अपने बाल-बच्चों की जमी-जमायी तथा शान्त गृहस्थी में किशन क्रूरग्रह के समान अप्रिय एवं अवाञ्छनीय प्रतीत हुआ। यहां तक कि कादम्बिनी अपने घर का पता-ठिकाना बताते हुए किशन के साथ आये गांव के एक वृद्ध सज्जन को भी खरी-खोटी सुनाने से बाज़ न आयी। वह बोली, "बाबा! मुफ़्त की रोटियां तोड़ने के लिए इस मुसीबत को यहां लाने के सिवा तुम्हें और कोई काम-काज नहीं था? ऐसे दयालु बनते हो, तो इसे अपने घर ले जाकर रखो। अपने पूरे जीवनकाल में इस छोरे की ससुरी मां ने तो कभी मेरी खोज-ख़बर नहीं ली और अब मरने पर शैतान की खाला ने मेरी गृहस्थी को बरबाद करने के लिए अपनी बला को मेरे गले मढ़ दिया। मुझे इसे नहीं रखना है। बाबा! इस मुसीबत को जहां से लाये हो, या तो वहीं छोड़ आओ या अपने आप संभालो।"

जात का नाई, बूढ़ा, किशन की मां के प्रति सम्मान का भाव रखने के कारण उसे मां कहकर पुकारता था। इसी कारण वह कादम्बिनी के इस कठोर

व्यवहार से न तो नाराज़ हुआ और न ही निराश हुआ। खुशामद करते हुए बोला, ''बहिन! तुम लोगों पर भगवान् की बड़ी कृपा है, इसीलिए इस घर में इतने दास-दासियां, अतिथि-भिक्षुक, कुत्ते-बिल्लियां पलते हैं, यह लड़का भी दो मुट्ठी भात खाकर घर के किसी कोने में पड़ा रहेगा। वैसे तो लड़का शान्त और समझदार है, फिर भी भाई समझकर न सही, एक दीन, दुखी और बेसहारा समझकर सहारा दे दोगी, तो भगवान् तुम्हारे घर अन्न-धन की वर्षा करेंगे।''

इस तरह की खुशामद से तो पत्थर दिल पुलिस-दारोग़ा का पसीजना भी कठिन नहीं, फिर कादम्बिनी ता़े ममतामयी महिला थी, इसलिए वह चुप हो गयी। बूढ़ा बहिन को ही मां समझने-जैसी दो-चार बातें किशन को समझाकर वहां से चलता बना।

इस प्रकार बेसहारा किशन को सहारा मिल गया।

धान और चावल की आढ़त का धन्धा करने वाले कादम्बिनी के पति नवीनचन्द्र मुखर्जी दोपहर को घर लौटे और उन्होंने किशन के सम्बन्ध में पूछा, तो कादम्बिनी ने व्यंग्य के स्वर में कहा, ''आपका साला है और अब आपके टुकड़ों पर पलने के लिए यहां आया है।'' मुखर्जी महाशय को अपनी सौतेली सास की मृत्यु का पता चल चुका था, इसलिए वह तत्काल सारी स्थिति को समझ गये। किशन के सुपुष्ट डील-डौल को देखकर वह बोले, ''लड़का है बड़ा ही सुन्दर और हृष्ट-पुष्ट।'' तिलमिलाते हुए कादम्बिनी बोली, ''हट्टा-कट्टा क्यों नहीं होगा, मेरी कलमुंही सौतेली मां ने मेरे पिता की सारी कमाई इस भड़वे के पेट में जो डाल दी है।''

यहां यह बताना अप्रासंगिक न होगा कि वास्तव में, कादम्बिनी के पिता के पास सम्पत्ति के नाम पर केवल एक कच्ची झोंपड़ी और नीबू का एक पेड़ था, जिसके नीबू बेचकर किशन के स्कूल की फ़ीस चुकाई जाती थी।

अपने पति के मुंह से-''कोई बात नहीं''-सुनकर तिलमिलायी कादम्बिनी व्यंग्य और उपहास के स्वर में बोली, ''हां, जी, क्यों नहीं, आपका साला जो ठहरा! अपने बेटे गोपाल का पेट भले काटना पड़े, किन्तु देश-भर की बदनामी से बचने के लिए इस मरे को तो रखना ही पड़ेगा।'' कहते हुए

कादम्बिनी ने खुली खिड़की से दूसरे खण्ड पर स्थित देवरानी हेमांगिनी के निवास की ओर संकेत किया।

बरामदे में एक ओर खड़ा किशन सिर झुकाये, पैर के नाख़ून से ज़मीन कुरेद रहा था तथा आंसू बहाये जा रहा था। कादम्बिनी स्टोर से नारियल की कटोरी में थोड़ा-सा तेल लाकर किशन को थमाते हुए बोली, ''यह मगरमच्छी आंसू बहाना छोड़ो और ताल में नहाकर आओ। मेरे ख़याल में इत्र-फुलेल लगाने की तो तुम्हें आदत होगी नहीं। तेल से तुम्हारा काम चल जायेगा।'' फिर अपने पति को सम्बोधित करते हुए बोली, ''आप नहाने जाते समय इस बाबू साहब को भी अपने साथ लेते जाइयेगा। कहीं ससुरा डूब गया, तो सीखचों के पीछे चक्की पीसनी पड़ेगी।''

कुछ तो अधिक आहार का आदी होने के कारण, कुछ कल दोपहर से भूखा होने के कारण तथा कुछ दिन-भर पैदल सफ़र करने के कारण भूखे किशन द्वारा थाली के भात को निबटा लिया देखकर नवीन बाबू ने पत्नी को उसे थोड़ा और भात देने को कहा, तो क्रुद्ध कादम्बिनी ने भात की भरी हुई थाली किशन की थाली में उड़ेल दी और बोली, ''प्रतिदिन इस हाथी को इतना अधिक खिलाने पर तो हमारा दिवाला पिटना निश्चित ही है। शाम को दुकान से दो मन मोटा चावल भेज देना, नहीं तो अपने खाने के लिए भात नसीब नहीं होगा।''

सुनकर अपने को अपमानित एवं पिटा अनुभव करते हुए किशन बिलखने लगा। मां को इस इकलौते बेटे को खिलाने के लिए भले ही बढ़िया चावल पकाना पड़ता हो अथवा घटिया, किन्तु पेट भरने के लिए कभी किसी से कुछ सुनना पड़ा हो, ऐसा उसके जीवन में कभी नहीं घटा था। उलटे मां, तो सदैव थोड़ा-सा और लेने का, कुछ और खा लेने का आग्रह करते थकती न थी। उसे याद आया कि कुछ दिन पहले उसकी मां ने दो कड़छी और अधिक भात खाने की शर्त पर ही उसे पतंग ख़रीदने के लिए पैसे दिये थे।

किशन अपने नेत्रों से निकलकर थाली में गिरे आंसुओं के साथ ही भात को खाने लगा। उसे अपने बायें हाथ से आंसुओं को पोंछने तक का होश न रहा। असल में, वह किसी के द्वारा देख लिये जाने से डरा हुआ था। कुछ देर

पहले ही वह रोने के लिए बहिन की डांट खा चुका था। बहिन के व्यवहार के सामने तो उसे मां की मृत्यु का शोक भी कुछ हलका ही लगता था।

: 2 :

दोनों भाईयों ने बाप-दादा के मकान को आपस में बांट लिया है। सटे हुए दो मंज़िले मकान में मझला भाई विपिन रहता है। वह भी नवीन के समान चावल-धान का धन्धा करता है। वह अच्छी आय होने पर भी अपने ज्येष्ठ भाई से कुछ नीचे ही है। उसकी पत्नी हेमांगिनी शहर से आयी होने के कारण दास-दासियों की सेवा लेने, दूसरों को खिलाने-पिलाने तथा ठाठ-बाट का जीवन जीने में विश्वास करती है। मितव्ययिता औंर बचत की आदत न होने के कारण उसकी जेठानी से नहीं पटी और फिर दोनों अलग हो गयीं। दोनों में लड़ना-झगड़ना और फिर घुट-घुटकर बातचीत करना प्रतिदिन की सामान्य प्रवृत्ति है। मझली हेमांगिनी सरल प्रवृत्ति की है, झगड़े की पहल अवश्य उससे होती है, किन्तु बहुत देर तक रूठे रहना उसके वश में नहीं। इसलिए मनौवल और खिलाने- पिलाने की पहल भी वही करती है। सरल स्वभाव की हेमांगिनी मन में मलिनता रख ही नहीं पाती, जबकि कादम्बिनी जानती है कि प्रेम के टूटे धागे को गांठ डालकर ही जोड़ा जाता है। एक बार टूटा दिल पुनः जुड़ नहीं पाता। टूटी हांडी में जोड़ न लग पाने के समान टूटे दिल को जोड़ना भी सम्भव नहीं होता, फिर भी हेमांगिनी अपनी जेठानी को मनाने में सफल हो जाती है, भले ही इसके लिए उसे हाथ-पांव जोड़ने पड़ें, खुशामद करनी पड़े अथवा घर में ले जाकर खिलाना-पिलाना ही क्यों न पड़े। इस प्रकार खट्टे-मीठे ढंग से दोनों का जीवन चल रहा है।

आज तीन-साढ़े तीन बजे इस मकान में आयी हेमांगिनी ने धूप में बैठे किशन को साबुन लगाकर बहुत सारे कपड़ों को धोते देखा। दूर खड़ी कादम्बिनी इस लड़के को थोड़े साबुन से अधिक सफ़ाई करने की कला सिखा रही थी। हेमांगिनी को देखते ही चिल्लाकर बोली, ''छिः छिः, देखो तो सही, मुआ कैसे

गन्दे कपड़े पहनकर मेरे यहां आ धमका है?''

कादम्बिनी की शिकायत उचित थी। किशन-जैसी गन्दी और मैली लाल किनारे वाली धोती और वैसा ही दुपट्टा पहनकर आया था, वैसे वस्त्र पहनकर दूसरे के यहां कभी नहीं जाता। उसके द्वारा अपने इन गन्दे वस्त्रों को धोना तो सर्वथा उचित ही था, किन्तु धोबी के द्वारा धोये जाने वाले नवीन बाबू के दो जोड़ी कपड़े और बेटे गोपाल के दो जोड़ी कपड़े भी धोने के लिए किशन को सौंप दिये थे। हेमांगिनी के लिए कपड़ों के मालिक को पहचानना कठिन नहीं था, किन्तु फिर भी इस सब की उपेक्षा करके हेमांगिनी ने पूछा, ''दीदी! यह लड़का कौन है?''

वास्तव में, अपने घर में बैठी यहां कान लगाये होने से हेमांगिनी कुछ-कुछ जान चुकी थी। जेठानी की परेशानी का मज़ा लेते हुए वह बोली, ''दीदी! लड़का बड़ा ही प्यारा और सुन्दर है, इसके नैन-नक़्श तो आपसे मिलते-जुलते हैं। क्या आपके मायके से सम्बन्ध रखता है?''

बेपरवाही दिखाते और गम्भीरता को ओढ़ते हुए कादम्बिनी बोली, ''मेरा सौतेला भाई है।'' फिर किशन को आवाज़ लगाते हुए बोली, ''किशन! अपनी मझली दीदी को प्रणाम कर।'' किशन को बैठा देखकर उसकी प्रताड़ना करते और उसे कोसते हुए कादम्बिनी बोली, ''मरा कैसा डीठ है, इसे बड़ों को प्रणाम करने का शऊर तक नहीं। यह भी क्या करे, इसकी मां ने कुछ सिखाया होता, तो इसे कुछ पता होता।''

हड़बड़ाकर उठा किशन झुककर कादम्बिनी के पैरों को छूने ही लगा था कि उसे झिड़कते हुए कादम्बिनी बोली, ''अरे पागल! क्या तू बहरा है, जो कुछ सुनाई नहीं देता है, मैंने तुझे किसे प्रणाम करने के लिए कहा है?''

वास्तव में, आने के समय से ही निरन्तर झेलते जा रहे अपमान और तिरस्कार ने किशन को विक्षिप्त-सा बना दिया था। अत: अपनी बहिन की फटकार से और अधिक घबराये किशन ने अर्धमूर्च्छित अवस्था में हेमांगिनी के चरणों में अपना माथा रखा, तो हेम ने प्यार से उसे उठाकर उसकी ठोड़ी चूमी और उसे दीर्घायु होने का आशीर्वाद देती हुई बोली, ''बस-बस, बहुत हो गया भैया।''

सुनकर हैरान हुआ किशन हेमांगिनी के चेहरे पर देखता रह गया। उसे अपने कानों पर विश्वास ही नहीं हो रहा था कि कोई उसके साथ ऐसा स्नेहपूर्ण एवं आत्मीय व्यवहार भी कर सकता है?''

किशन के कुम्हलाये, उदास और चिन्तित चेहरे को देखकर द्रवित हुई हेमांगिनी के नेत्रों से आंसू छलकने लगे। सम्मोहित-सी हुई उस महिला ने किशन को खींचकर अपनी छाती से लगा लिया और फिर उसके थके एवं खिन्न चेहरे के पसीने को पोंछते हुए कादम्बिनी से बोली, ''दीदी! आप भी इस नन्हे से छोकरे को धोने के लिए कपड़ों की गठरी थमाकर कैसा अन्याय करती हो? यह काम तो किसी नौकर को सौंपा होता।''

कादम्बिनी के लिए तत्काल उत्तर देना सम्भव न हुआ, किन्तु फिर भी अपने को संभालते हुए वह बोली, ''मझली बहू! मैं तुम्हारी तरह समृद्ध एवं दस-बीस नौकर रख सकने में समर्थ नहीं हूं। हम-जैसे गृहस्थों के घर में....।''

कादम्बिनी की बात के पूरा होने से पहले ही हेमांगिनी ने अपनी लड़की उमा को आवाज़ देकर शिब्बू को भेजने के लिए कहा, ताकि वह जेठजी के और बेटे पांचू के मैले कपड़ों को ताल से धो लाये। इसके बाद वह जेठानी से बोली, ''आज रात का खाना दोनों—किशन और पांचू—मेरे यहां खायेंगे। मैं किशन को लिये जा रही हूं और पांचू के स्कूल से आते ही उसे भी मेरे पास भेज देना।'' फिर वह किशन की ओर उन्मुख होकर बोली, ''भैया! कादम्बिनी की तरह तुम मुझे भी अपनी बहिन समझना, चलो, मेरे साथ मेरे घर चलो।'' कहते हुए वह किशन का हाथ पकड़कर उसे अपने घर ले गयी।

हेमांगिनी के व्यवहार पर तिलमिलाते हुए भी कादम्बिनी अपने पुत्र के रात के भोजन के निमन्त्रण से उपकृत होने के कारण कुछ बोल न सकी। पैसे को भगवान् मानने वाली कादम्बिनी के लिए दूध देने वाली गाय की लात सहना कोई नयी बात नहीं थी।

: 3 :

शाम को कादम्बिनी ने किशन से पूछा, "क्यों रे! आज वहां खाने को क्या मिला?"

लजाते हुए किशन ने सिर झुकाकर कहा, "पूरी।"

"तरकारी क्या थी?"

"रोहू मछली के मूड़ की तरकारी, सन्देस और रसगुल्ला....।"

"अच्छा, मझली बहू ने मछली का मूड़ तेरी थाली में परोसा या पांचू की थाली में?"

इस प्रश्न का एकदम उत्तर देना किशन के लिए सम्भव न हुआ। अपने ऊपर प्रहार के लिए उठे शस्त्र को देखकर, खूंटे पर बंधे होने से घबराते और थर्राते पशु के समान किशन कांपने लगा।

कादम्बिनी ने घुड़ककर पूछा, "बोलता क्यों नहीं? तेरी थाली में ही परोसा गया था न?"

अपराध-भाव से ग्रस्त और सिर झुकाकर खड़े किशन ने सिर झुकाकर सत्य की स्वीकृति दी।

बरामदे में तमाखू पी रहे अपने पति को सम्बोधित करते हुए कादम्बिनी बोली, "सुन रहे हैं आप या नहीं?"

नवीन ने "हूं" कहा और फिर वह तमाखू पीने में खो गये।

भिनभिनाते हुए कादम्बिनी उत्तेजित स्वर में बोली, "अपनों का व्यवहार तो देखो। उसे भली प्रकार मालूम है कि मेरा बेटा पांचू गोपाल मछली के मूड़ का बेहद शौक़ीन है, फिर भी मझली ने पांचू की थाली में मूड़ को न परोसकर उसे व्यर्थ गंवा दिया। किशन को सम्बोधित करते हुए वह बोली, "तूने सन्देस और रसगुल्ले तो पेट भरकर खाये होंगे? क्यों, क्या तूने ऐसा स्वादिष्ट भोजन इससे पहले कभी खाया है?"

अपने स्वामी की ओर उन्मुख होकर कादम्बिनी बोली, "मुट्ठी-भर अनाज को तरसने वाले को पूरी-सन्देस खिलाने का क्या लाभ? आज आप मेरी इस बात को भी गांठ बांध लीजिये। यदि मझली बहू ने भोले-भाले किशन को

बिगाड़ न दिया, तो आप मुझे कुतिया कह देना।''

नवीन चुप बैठे रहे, कादम्बिनी के रहते किशन पर किसी दूसरे का रंग चढ़ने की सम्भावना ही नहीं थी, इस तथ्य को उनकी पत्नी के स्वीकार करने का कोई इलाज ही नहीं था। वह तो अपने को दुनिया की सबसे भोली और मासूम स्त्री समझती थी, जिसे कोई भी व्यक्ति आसानी से अपनी धूर्तता का शिकार बना सकता था। इसलिए वह अपने अनुज किशन की मानसिक उन्नति-अवनति पर पैनी नज़र रखे हुए थी।

किशन को वहां आये अभी एक ही दिन बीता था कि दुकान के काम को देखने का ज़िम्मा उसे सौंपकर एक नौकर की छुट्टी कर दी गयी। किशन दुकान पर चावल तौलता, चार-पांच कोस दूरी से चावल के नमूने लाता और भोजन के लिए नवीन के घर आने पर उसकी अनुपस्थिति में दुकान की देखभाल करता।

भोजन और विश्राम के उपरान्त नवीन के दुकान पर लौटने के बाद तीन बजे के क़रीब किशन ताल पर स्नान करने और भोजन के लिए घर आया, तो उस समय कादम्बिनी सो रही थी। किशन भूख से इतना अधिक बेहाल था कि वह बाघ के मुंह से निवाला खींचने में भी कोताही न करता, किन्तु फिर भी वह अपनी सोई हुई बहिन को जगाने का साहस न कर सका। बरामदे के एक कोने में चुपचाप बैठा वह बहिन के जागने की प्रतीक्षा करने लगा। अचानक उसने अपने को पुकारे जाने की मीठी आवाज़ सुनी, तो आंख उठाकर उसने देखा कि दूसरे तले के कमरे की खिड़की के पास खड़ी मझली दीदी उसे अपने पास बुला रही है। किशन ने संकोच से सिर झुका लिया। किशन के पास आकर हेमांगिनी ने पूछा, ''किशन! दो-चार दिनों से तुम दिखाई नहीं दिये हो, क्या कहीं बाहर चले गये थे? अच्छा, यहां बैठे क्या कर रहे हो?''

किसी भूखे व्यक्ति द्वारा ऐसे स्निग्ध व्यवहार को पाकर अपने आंसुओं पर क़ाबू पाना सम्भव नहीं होता। यही कारण है कि किशन की आंखें भी छलछला आयीं और वह बिना कुछ बोले चुप बैठा रहा।

मझली चाची सभी बच्चों की चहेती थी, उसकी आवाज़ को सुनकर बाहर निकलकर आयी कादम्बिनी की छोटी लड़की किशन को देखकर बोली,

''मामा! मां ने रसोईघर में परोसकर थाली को ढक रखा है, जाकर खा-पी लो, मां तो खा-पीकर सो गयी है।''

किशन के अभी तक भूखा रहने पर आश्चर्य प्रकट करते हुए हेमांगिनी बोली, ''भैया! इतनी देर तक खाया क्यों नहीं?''

बेचारे किशन ने सिर झुका दिया। उसने उत्तर देना उचित नहीं समझा। उसकी भांजी टुनी बोली, ''मामा को रोज़ाना देर हो जाती है। पिताजी के खा-पीकर दुकान पर लौटने के बाद ही यह खाने के लिए घर आते हैं।''

हेमांगिनी समझ गयी कि किशन को दुकान के काम पर लगा दिया गया है। उसे ख़ाली रखना और मुफ़्त में उसका पेट भरना सम्भव नहीं था, किन्तु फिर भी इतना दिन बीतने और भूख से बेहाल एवं सूखे मुख वाले किशन को देखकर हेमांगिनी की आंखो में आंसू आ गये। आंचल से अपने आंसू पोंछकर वह अपने घर से दूध का कटोरा ले आयी, परन्तु रसोईघर के दृश्य को देखकर वह सिहर उठी।

किशन ठण्डे-सूखे और ढेला-सा बने भात को खा रहा था। दाल और तरकारी के नाम पर भी दो कटोरियों में कुछ था। दूध से भरे कटोरे को देखकर उसका चेहरा खिल उठा।

किशन के खाना समाप्त कर कुल्ला करने के लिए ताल पर चले जाने के बाद रसाई के बाहर खड़ी हेमांगिनी ने भीतर आकर देखा कि किशन ने थाली में भात का एक दाना भी नहीं छोड़ा था। भूख के कारण वह सारा-का-सारा चट कर गया था।

हेमांगिनी के बेटे ललित की आयु भी किशन की आयु जितनी थी। वह सोचने लगी कि यदि कहीं कल वह मर गयी, तो क्या उसके बेटे को भी ऐसे दिन देखने पड़ेंगे? इस विचार से आये रुदन को दबाकर हेमांगिनी उदास मन से अपने घर चली गयी।

: 4 :

सर्दी लगने से हेमांगिनी कभी–कभी ज्वर–ग्रस्त हो जाती है और फिर थोड़ा आराम करने पर अपने आप ठीक भी हो जाती है। इसी प्रकार अकेले घर में बीमार होने के कारण बिस्तर पर पड़ी हेमांगिनी ने सन्ध्या के समय किवाड़ की आड़ में किसी को खड़ा देखकर अपने लड़के ललित को आवाज़ देकर कहा, ''बेटे! देखना कौन है?''

उत्तर न मिलने से परेशान हेमांगिनी ने दोबारा आवाज़ लगायी, तो किशन बोला, ''दीदी! मैं हूं।''

''मैं कौन, जल्दी से भीतर आ जा।''

कमरे में प्रवेश करने से सकुचाता किशन दीवार के साथ सटकर खड़ा हो गया। बिस्तर पर उठ बैठी हेमांगिनी ने प्यार से पूछा, ''हां, बोलो किशन! क्या बात है?''

कुछ आगे बढ़कर किशन अपने अधमैले दुपट्टे से दो अधपके अमरूद* निकालकर हेमांगिनी की ओर हाथ बढ़ाते हुए बोला, ''अमरूद खाने से बुख़ार छूमन्तर हो जाता है।''

अमरूद हाथ में लेकर कृतज्ञता प्रकट करते हुए हेमांगिनी बोली, ''किशन! यह तुझे कहां से मिले हैं? मैं इन अमरूदों को लाने के लिए कल से एक–एक की खुशामद कर रही हूं।'' कहते हुए हेमांगिनी ने किशन के हाथ को पकड़कर उसे अपने पास बिठा लिया। किशन ने ख़ुशी और लाज से अपने सिर को झुका लिया। आजकल न तो अमरूद का मौसम था और न ही हेमांगिनी को इनकी तलब थी, तथापि इन्हें ढूंढ़ने में किशन पूरी दोपहरी भटकता रहा। इससे प्रभावित हेमांगिनी ने पूछा, ''तुझे किसने बताया कि मुझे बुख़ार है और अमरूद खाने से बुख़ार ठीक हो जाता है?''

किशन के चुप रहने पर हेमांगिनी ने फिर पूछा, ''तुझे यह कैसे पता चला कि मैं अमरूद खाने को उत्सुक हूं?''

---

* बंगाल में सर्दी और बुख़ार से छुटकारा पाने के लिए कच्चा अमरूद खाने का प्रचलन है।

किशन ने इस प्रश्न का कोई उत्तर नहीं दिया। वह एक बार झुके सिर को ऊपर उठाना ही जैसे भूल गया था। हेमांगिनी को स्पष्ट हो गया कि बालक संकोची स्वभाव का है। प्यार से उसके सिर पर हाथ फेरते हुए हेमांगिनी ने उसका बहुत सारा अगला-पिछला इतिहास जान लिया और फिर अत्यन्त कोमल स्वर में बोली, "भैया! अपनी इस बहिन से कभी किसी बात का कोई संकोच न करना और अपनी आवश्यकता की चीज़ मांग लेना। इससे मुझे अत्यधिक प्रसन्नता मिलेगी।"

अपने मन की प्रसन्नता को चेहरे पर लाकर किशन बोला, "ठीक है दीदी।"

सच्चा स्नेह किसे कहते हैं, इसकी जानकारी तो किशन को अपनी मां से मिली थी। अब इस बहिन से सच्चे प्यार को पाकर वह मातृ-शोक से मुक्ति पाने लगा था। भावुक बने किशन ने अपने आंसुओं से हेमांगिनी के चरणों को भिगो दिया और फिर बाहर की राह ली।

कादम्बिनी किशन के प्रति उदार नहीं हो पा रही थी। उसकी उग्रता निरन्तर एवं उत्तरोत्तर बढ़ती ही जा रही थी। इसका एकमात्र कारण उसके सौतेले भाई का एकदम असहाय एवं निरुपाय होना था। वह चाहकर भी लोकनिन्दा के भय से न उसे घर से निकाल सकती थी और न ही किसी दूसरे को दे सकती थी। अतः उसे रखना, उसकी एक विवशता थी, फिर जब रखना ही है, तो उससे जी तोड़ श्रम क्यों न कराया जाये? किशन के घर आते ही कादम्बिनी झाड़ू लेकर बोली, "पूरी दोपहरी दुकान को छोड़कर तू कहां चला गया था?"

किशन के चुप रहने पर कादम्बिनी ने घुड़की देकर बताने को कहा। किशन के फिर भी चुप्पी साधे रहने पर कादम्बिनी उसे मुंह खोलने के लिए डांटने लगी। किशन की चुप्पी आग में घी पड़ने के समान कादम्बिनी के क्रोध को और अधिक भड़काने वाली सिद्ध होने लगी। फलतः किशन को दण्ड देने के लिए एक तो उसने बेटे पांचू से किशन के कान खिंचवाये और दूसरे, उसे रात का खाना नहीं दिया गया।

चोट कितनी बड़ी क्यों न हो, न्यायसंगत प्रतीत न होने पर अपना कोई प्रभाव नहीं छोड़ पाती। उदाहरणार्थ, पर्वत से लुढ़कते व्यक्ति के हाथ-पांव तब

ही टूटते हैं, जब वह कठोर धरती से टकराता है। यही स्थिति किशन की भी थी। मातृ-शोक के सामने संसार का कोई भी दु:ख उसे भारी नहीं लगता था। अभाव में पला व ग़रीब मां का बेटा होने पर भी, उसने वास्तव में, जीवन में कभी अभाव नहीं देखा था। उसने न तो कभी किसी का क्रोध सहा था और न ही उसे कभी किसी की झिड़कियां सुनने को मिली थीं, तो भी न जाने किस शक्ति से कादम्बिनी से मिले प्रतिदिन के अन्याय और अत्याचार को वह सहता जा रहा था। इसका कारण शायद वह इस सत्य को मानता था कि इतने बड़े संसार में उसे कहीं दूसरी जगह आश्रय मिल ही नहीं सकता, किन्तु अब उसे हेमांगिनी की आस बंधने लगी थी। इसलिए मां और बेटे द्वारा किये गये अपने अपमान, दी गयी गालियां और की गयी भर्त्सना पर आंसू बहाते हुए किशन अपनी स्वर्गीय मां का स्मरण करके और स्नेहमयी दीदी हेमांगिनी का नाम लेकर फूट-फूटकर रोने लगा।

: 5 :

अगले दिन हेमांगिनी ने अपने घर आकर पलंग के पैताने की ओर चुपचाप बैठे किशन से पूछा, "क्यों भैया! क्या आज दुकान पर नहीं जाना है?"

किशन से, "जाना है।" सुनकर हेमांगिनी ने उसे गालियों से बचाने के लिए बिना देर किये फ़ौरन चले जाने का सुझाव दिया।

लाल और पीला चेहरा लिये किशन उठ खड़ा हुआ, किन्तु उसके इधर-उधर झांकने से ऐसा लगा, मानो वह कुछ कहना चाहता है। उसकी इस मानसिकता का अनुमान लगाकर हेमांगिनी बोली, "क्या मुझ से कुछ कहना चाहते हो किशन?"

मुंह नीचा किये और घबराते हुए किशन ने बुझे स्वर में कहा, "दीदी! कल से कुछ खाया नहीं है।"

आश्चर्य में पड़ी हेमांगिनी बोली, "हैं, क्या कल से कुछ नहीं खाया?"

कुछ देर तक दोनों—हेमांगिनी और किशन—एक-दूसरे के चेहरे पर ताकते

हुए चुप बैठे रहे। इसके बाद दोनों के ही नेत्रों से आंसू बहने लगे। हेमांगिनी तो काफ़ी भावुक हो उठी और झरझर करके अश्रुवर्षा करने लगी। किशन को अपने पास बिठाकर और सारे विवरण को सुनकर विह्वल हो उठी हेमांगिनी बोली, "किशन! तू रात में ही मेरे पास क्यों नहीं चला आया?"

कुछ देर रोने से जी हलका हो जाने पर हेमांगिनी ने अपने आंचल से न केवल अपने, अपितु किशन के भी आंसू पोंछकर उससे कहा, "देख किशन! तुझे मेरे सिर की क़सम, आज से तू मुझे अपनी मां के रूप में ही देखना। यदि तूने ऐसा नहीं किया, तो मैं भी तुम्हारी मां के पास चली जाऊंगी।"

कादम्बिनी को किशन द्वारा हेमांगिनी से चुगुली करने और हेमांगिनी द्वारा प्रश्रय देने का पता चला, तो उसका अपने को अपमानित अनुभव करना स्वाभाविक था। वह ऊंची आवाज़ में अपने घर से ही गरजते-लरजते हुए बोली, "क्या मेरी हैसियत अपने भाई को खिलाने-पिलाने की नहीं है, जो तुम उसे आश्रय दे रही हो? समझ नहीं आता कि तुम इतनी अधिक उसके गले क्यों पड़ रही हो?"

हेमांगिनी को मन तो किया कि जेठानी की हेकड़ी निकाल दी जाये, किन्तु वर्तमान स्थिति में उसने शान्त और संयत रहना ही ठीक समझा। वह कोमल स्वर में बोली, "दीदी! यदि मैं किशन से प्यार के दो बोल बोल लेती हूं, तो तुम्हारी कौन-सी हानि हो जाती है?"

कादम्बिनी बोली, "यदि मैं तुम्हारे बेटे को बुलाकर उसे तुम्हारे विरुद्ध उलटी-सीधी पट्टी पढ़ाऊं, तो क्या तुम्हें यह सब अच्छा लगेगा? मैं तुम्हें अच्छी तरह जानती हूं। पहले तुम अपने लड़के को व्यक्ति बनाओ, फिर किशन के लिए तुम्हारे कुछ करने पर मैं तुम्हें हरगिज़ उलाहना नहीं दूंगी।"

हेमांगिनी के संयम का बांध टूट गया और वह अधीर होकर बोली, "दीदी! पन्द्रह-सोलह वर्ष तुम्हारे साथ रहने पर भी क्या मैं तुम्हें नहीं पहचानूंगी? कभी अपने लड़के को इस प्रकार भूखा रखकर देखो, तो तुम्हें पता चल जायेगा कि भूख क्या बला होती है? फिर यदि किशन को कितना भी भूखा रखोगी, मैं तुमसे शिकायत करने नहीं आऊंगी।"

तिलमिलाते हुए कादम्बिनी बोली, "मेरे लाड़ले के साथ किशन की

तुलना करती हो? मझली बहू! मुझे लगता है कि तुम्हारी जीभ काफ़ी लम्बी हो गयी है।''

हेमांगिनी क्रुद्ध स्वर में बोली, ''क्या तुम्हारे पांचू गोपाल को सुरख़ाब के पर लगे हैं, जो किशन को नहीं लगे हैं? सत्य तो यह है कि किशन के साथ उस बन्दर की तुलना करना व्यर्थ है। अच्छा, मैं आगे से तुम्हारे मामले में दख़ल नहीं दूंगी। मेरे सामने यह तो बिल्कुल साफ़ हो गया है कि तुम्हारे-जैसी कठोर, निर्दय और निर्लज्ज महिला संसार में शायद ही कोई दूसरी होगी।'' कहकर किसी उत्तर की प्रतीक्षा किये बिना ही उसने अपनी खिड़की बन्द कर दी।

सन्ध्या को मालिकों के घर लौटने के समय कादम्बिनी दासी को सुनाने के बहाने से गरजते-लरजते हुए बोली, ''दिन-रात पराये मामले में दख़ल देने वालों, नादान एवं भोले बच्चे को उलटा-सीधा पढ़ाने-सिखाने वालों तथा दूसरों का घर फूंककर तमाशा देखने वालों को तो कभी भगवान् भी क्षमा नहीं करते। बहिन-भाई में फूट डलवाने वालों को क्या कभी भगवान् का डर भी नहीं सताता?'' इस प्रकार बड़बड़ाते हुए कादम्बिनी रसोईघर के भीतर चली गयी।

देवरानी-जेठानी की यह नोक-झोंक कोई नयी बात नहीं थी। यह सब तो आये दिन होता ही रहता था, किन्तु आज की तानाकशी में पहले की अपेक्षा कुछ अधिक तीखापन था। प्राय: हेमांगिनी कादम्बिनी के व्यंग्यों को गम्भीरता से नहीं लेती थी, वह जान-बूझकर बड़ी की अशिष्टता को अनदेखा कर देती थी, किन्तु आज शरीर के अस्वस्थ होने के साथ उसका मन भी खिन्न था। इसलिए वह उठकर और खिड़की के पास आकर बोली, ''दीदी! क्या थक गयी हो या गालियों का भण्डार चुक गया है? अभी तो तुम्हारे भगवान् ने हमारे विरुद्ध शायद तुम्हारी नालिश को सुना भी न होगा। अभी हमारे सर्वनाश की डटकर कामना करो। यदि अभी से मामले को हलके-फुलके ढंग से लोगी, तो तुम्हें खाना कैसे हज़म होगा।''

आंगन में आकर चण्डी का रूप धारण किये कादम्बिनी बोली, ''क्या मैंने किसी नासपीटी का नाम लिया भी है?''

हेमांगिनी बोली, ''दीदी! मुश्किल यह है कि तुम अपने को सयानी और दूसरों को मूर्ख समझती हो। क्या इसे समझने में भी किसी को श्रम करना

पड़ेगा कि इतनी देर से तुम किसकी सात पीढ़ियों का गुणगान कर रही हो?''

अब कादम्बिनी अपने असली रूप पर उतर आयी। हाथों को झटकते हुए बोली, ''मेरी बला से, चोर की दाढ़ी में तिनके की तरह कोई अपराधी अपने को पहचानता है, तो ठीक है। करने वाले ने ही तो अपने किये को भुगतना है। यही किशन दो दिन पहले गाय था। चांटे खाकर भी चूं तक नहीं करता था, आज दोपहर को न जाने किसके ज़ोर पर कैसा जवाब दे गया? ज़रा प्रसन्न की मां से पूछकर तो देखो।'' कहते हुए कादम्बिनी ने दासी की ओर संकेत कर दिया।

दासी बोली, ''मझली बहू! आज जब किशन ने परोसे भात को खाने से मना कर दिया, तो मालकिन ने डांटकर कहा—यदि इस भात को नहीं खाओगे, तो जीवन-भर तुम्हारे लिए थाली नहीं परोसी जायेगी।'' इस पर निश्शंक भाव से किशन बोला, ''मझली दीदी के रहते हुए मुझे किसी की कोई परवाह नहीं।''

दासी के चुप हो जाने पर कादम्बिनी बोली, ''सुन लिया, देखो, किसी को इतना बिगाड़ना अच्छी बात नहीं। भाई-बहिन के सम्बन्ध में दरार डालना कदापि शोभनीय नहीं। इसलिए मेरा तुमसे अनुरोध है कि किशन को इतना अधिक मुंह मत लगाया करो।''

हेमांगिनी के लिए मुंह खोलना सम्भव न हुआ, इसलिए वह खिड़की से दूर हट गयी और सोचने लगी कि न जाने किन विषम परिस्थितियों में पड़ जाने पर बेचारे किशन को यह सब कहने पर विवश होना पड़ा होगा।

सिर में भारीपन और शरीर में शिथिलता अनुभव करने के कारण हेमांगिनी असमय में ही पलंग पर लेट गयी। क्रोध में भरे हुए उसके स्वामी उसकी स्थिति पर बिना ध्यान दिये जेठानी के भाई में उसकी रुचि लेने के लिए डांटते हुए बोले, ''पराये मामले में दख़ल देने का, न मैं कोई औचित्य समझता हूं और न ही ऐसी कोई आवश्यकता है। मैं तुम्हें कितनी बार समझाता हूं कि हमें पराये मामले से क्या लेना-देना है, किन्तु यह भाग्यवान् कुछ समझती ही नहीं। आज भाभी से मुझे दस बातें सुननी पड़ी, मुझे रोज़-रोज़ का यह बखेड़ा अच्छा नहीं लगता।''

हेमांगिनी शान्त स्वर में बोली, "क्या आपकी भाभी ने कभी कुछ न्यायसंगत कहना-सुनना भी सीखा है? उसकी तो सदैव बेकार की कहने की आदत है।"

"किन्तु आज मुझे उसकी बात ठीक लगती है। मैं तुम्हारे स्वभाव से परिचित हूं। एक बार ग्वाले के लड़के का मामला था। एक बार मोती कुम्हार के मामले में तुम्हारी दख़लन्दाज़ी से हाथ में आया बाग़ निकल गया। पुलिस की मुट्ठी अलग से गरम करनी पड़ी। कुछ अपना भला-बुरा भी तो सोच लिया करो।"

उठ बैठी हेमांगिनी पति के मुख पर ताकते हुए बोली, "मेरा स्वभाव तो बदलने से रहा। हां, अन्तर्यामी साक्षी हैं, मेरे हाथों कभी किसी का अहित नहीं हुआ। असहायों को आश्रय देना पाप नहीं। मेरी तबीअत ख़राब है, अत: मैं बहस करने की स्थिति में नहीं हूं। मुझे आराम करने दीजिये।" कहते हुए हेमांगिनी ने चादर से अपना मुंह ढांप लिया।

विपिन को उस समय कुछ कहना ठीक नहीं लगा, किन्तु अपनी पत्नी और किशन पर उनका क्रोध शान्त नहीं हो रहा था।

: 6 :

दूसरे दिन प्रात:काल खिड़की खोलते ही हेमांगिनी के कानों में अपने पति से झगड़ती जेठानी की कर्कश और कठोर आवाज़ कानों में पड़ी। वह कल से लड़के के लापता होने के कारण अपनी चिन्ता प्रकट करने के साथ अपने पति द्वारा उसकी कोई खोज-ख़बर न करने की शिकायत कर रही थी।

कादम्बिनी के स्वामी का उत्तर था, "भाग गया, तो बला टली, हमें खोज-ख़बर करने की क्या ज़रूरत है? चाहे चूल्हे में जाये, चाहे भाड़ में गिरे।"

पूरे महल्ले को सुनाने के लिए चिल्लाते हुए कादम्बिनी बोली, "लोगों के मुंह पर तो हाथ नहीं रख सकोगे। गांव में हमारा रहना दूभर हो जायेगा। आप यह तो जानते ही हैं कि हमारे शत्रुओं की कोई कमी नहीं है। यदि कहीं

वह नामुराद मर-खप गया, तो हम सब को जेल की हवा खानी पड़ेगी।''

जेठानी की सारी बकबक सुनने और उसके संकेत को ठीक तरह से समझने के उपरान्त हेमांगिनी खिड़की बन्द करके अपने काम में लग गयी।

दोपहर को रसोईघर में खाना खाती हेमांगिनी ने चोरों की तरह डरे किशन को अपने सामने खड़े देखा। किशन के रूखे बालों और सूखे चेहरे को देखकर हेमांगिनी बोली, ''कहां भाग गया था रे किशन?''

''मझली दीदी! भागा कहां था, दुकान पर सो गया था, नींद खुलने पर पता चला कि आधी रात बीत गयी है। दीदी! ज़ोर की भूख लग रही है।''

''उस घर में क्यों नहीं जाता? वहीं जाकर खा।'' कहकर हेमांगिनी भोजन निबटाने में जुट गयी। कुछ देर तक चुप खड़ा रहने के उपरान्त निराश होकर लौटते किशन को बुलाकर उसने अपने पास बिठा लिया और महाराजिन से वहीं उसके लिए भात परोस देने को कहा।

किशन ने मुश्किल से आधा भोजन ही खाया होगा कि घबराते हुए बाहर से आयी उमा ने बाबूजी के आने की सूचना दी। लड़की को समझाते हुए हेमांगिनी बोली, ''इसमें घबराने की क्या बात है?'' किशन के पीछे खड़ी उमा ने भोजन कर रहे किशन की ओर अंगुलि से संकेत किया। उत्सुकता से पीछे गरदन घुमाकर उमा के घबराये चेहरे को देखते ही किशन की सिट्टी-पिट्टी गुम हो गयी। उसे उमा की परेशानी को समझते देर न लगी। वह कितना अधिक डर गया था, इसका अनुमान तो उसकी इस चेष्टा से लगाया जा सकता है कि अधूरा खाना वहीं-का-वहीं छोड़कर वह रसोईघर के दरवाज़े के पीछे छिपकर खड़ा हो गया, मानो चोरी करते हुए को घर के मालिक द्वारा रंगे हाथों पकड़े जाने का भय सताने लगा हो। सत्य तो यह है कि उमा और हेमांगिनी की मनोदशा भी इससे कुछ भिन्न नहीं थी। कुछ न सोच पाती हेमांगिनी व्यर्थ में कुछ देर तक इधर-उधर देखने के बाद अपने को टूटा-सा अनुभव करते हुए दीवार से सटकर बैठ गयी और उमा भी किशन की देखादेखी कहीं छिपकर खड़ी हो गयी। उसी समय घर में प्रविष्ट हुए विपिन ने पूछा, ''अरे! खाने की थाली सामने रखकर किस सोच में डूब गयी हो?''

हेमांगिनी के चुप रहने पर उत्कण्ठित हुए विपिन ने पूछा, ''कहीं ज्वर का

आक्रमण दोबारा तो नहीं हो गया?'' थाली में आधे पड़े भात पर दृष्टि पड़ते ही विपिन ने पूछा, ''इतनी जूठन किसने छोड़ी है?''

हेमांगिनी बोली, ''जेठानीजी का भाई किशन खा रहा था, आपके भय से खाना छोड़कर किवाड़ के पीछे छिप गया है।''

विपिन के ''क्यों'' के उत्तर में हेमांगिनी बोली, ''कारण से आप भली प्रकार परिचित हैं। आपके आने पर, आपकी बेटी भी कहीं छिपने को चली गयी है।''

विपिन समझ गया कि उसकी पत्नी व्यंग्य से भरी भाषा का प्रयोग कर रही है और यदि मैंने भी ईंट का जवाब पत्थर से देने की नीति अपनायी, तो स्थिति तनावपूर्ण हो जायेगी। स्थिति को हलका-फुलका बनाने की इच्छा से विपिन हंसकर बोला, ''क्या मैं भूत हूं, जो मेरी बेटी मुझसे डरकर भाग गयी है?''

हेमांगिनी बोली, ''यह तो मैं नहीं कहती, किन्तु शायद मां को अपमानित होते न देखने के कारण भाग गयी होगी।'' फिर ठण्डी सांस लेकर बोली, ''पराये लड़के किशन का डरना और छिपना तो ठीक है, किन्तु अपने पेट से जनमी लड़की यह समझती है कि उसके पिता के घर में उसकी मां को किसी को एक जून भात खिलाने का भी अधिकार नहीं है।''

परिस्थिति की गम्भीरता को समझते हुए और उसके अधिक विषम रूप धारण न करने की नीयत से पत्नी के कथन पर उग्रता का प्रदर्शन करने की अपेक्षा बात को हंसी में उड़ाते हुए विपिन ने कहा, ''यह किसने कहा कि तुम्हें किसी भिखमंगे को भीख देने का और किसी भूखे को भात खिलाने का अधिकार नहीं। अरे! तुम घर की मालकिन हो। अच्छा, छोड़ो इस बहस को और यह बताओ कि कल से तुम्हें दोबारा सिरदर्द तो नहीं हुआ। मैं सोचता हूं कि तुम्हें एक बार शहर के केदार डॉक्टर को दिखा दूं, नहीं तो एक बार कलकत्ता चलकर....।''

रोग और चिकित्सा की चर्चा को दरकिनार करते हुए हेमांगिनी ने अपने पति से पूछा, ''क्या आपने उमा के सामने किशन को डांट लगायी थी?''

विपिन के लिए उत्तर देना कठिन हो गया। वह घबराकर तुतलाते हुए

बोला, "मैंने....नहीं तो....कुछ ठीक से याद नहीं....। हां, उस दिन कुछ.... बात यह है कि उसके हमारे यहां आने पर भाभी को आपत्ति है, भैया बिगड़ते हैं, इसलिए कुछ कह दिया होगा। शायद उस समय उमा भी वहां उपस्थित रही होगी।"

"मुझे सब मालूम है।" कहकर हेमांगिनी ने स्थिति को सामान्य बना लिया। अपने पति के रसोईघर की ओर जाते ही हेमांगिनी ने किशन को बाहर बुलाकर कहा, "ले, इन चार पैसों से बाज़ार से चना-मुरमुरा खाकर अपने पेट की ज्वाला बुझा लेना। अब भूख लगने पर मेरे यहां आने की तुझे आवश्यकता नहीं; क्योंकि तुम्हारी मझली दीदी में तुम्हें खिलाते रहने का सामर्थ्य नहीं है।"

किशन को चुपचाप जाते देखकर विपिन ने अपमान का कड़वा घूंट चुपचाप निगल लिया।

: 7 :

पांच-छह दिनों के बीतने पर, एक दिन विपिन ने अपनी पत्नी को उलाहना देते हुए कहा, "किशन से तुम्हारा क्या नाता है, जो उसके लिए अपने जेठ-जेठानी को बेकार में नाराज़ करती रहती हो? आज मुझे तुम्हारे कारण भैया से सुननी पड़ी है।"

वास्तव में, थोड़ी देर पहले घर में बैठी कादम्बिनी ने अपने पति के समक्ष मझली बहू के विरुद्ध जिस प्रकार विष-वमन किया था, उसका कुछ प्रभाव तो पड़ना ही था। जेठानी के विष से बुझे व्यंग्यबाणों के प्रहार से उत्पन्न पीड़ा हेमांगिनी के लिए सर्वथा असहाय हो गयी थी, किन्तु ज़ेठ की उपस्थिति के कारण हेमांगिनी के लिए चुपचाप सब कुछ सहने के सिवा और कोई चारा भी नहीं था।

पुराने समय में जिस प्रकार हिन्दुओं को युद्ध में पराजित करने के लिए यवन लोग गाय को हथियार बनाते थे, उसी प्रकार अपनी भड़ास निकालने और मझली बहू को अपमानित करने के लिए कादम्बिनी ने भी अपने पति को

साधन बना लिया था।

अपने पति के कथन पर बिगड़ते हुए हेमांगिनी बोली, "मैंने ऐसा कौन-सा भारी गुनाह कर दिया, जो जेठजी तक के नाराज़ होने की नौबत आ गयी? अब उनकी नाराज़गी को दूर करने के लिए मुझे क्या करना होगा, क्या आप बताने की कृपा करेंगे?"

अत्यन्त क्रुद्ध होने पर भी अपने ऊपर संयम रखने के अभ्यस्त विपिन ने अपने क्रोध को दबाकर सहज भाव से कहा, "कुछ भी हो, फिर भी बड़ों का सम्मान....।"

बात को बीच में ही काटते हुए हेमांगिनी बोली, "सब जानती हूं, कोई छोटी बच्ची नहीं हूं, जो बड़ों की मान-मर्यादा के महत्त्व को न समझूं, किन्तु मुझे उस लड़के से कुछ मोह-सा हो गया है और ये लोग मुझे खिजाने के लिए ही मेरे सामने उस छोकरे को परेशान करते हैं।"

हेमांगिनी समझ गयी कि उसका यह कथन जेठजी पर चोट करने-जैसा है, इसलिए अपने स्वर में नरमी लाकर कुछ कहना चाहती थी, किन्तु भीतर की ज्वाला ने उसे शान्त-शीतल होने ही न दिया। विपिन पूरे मन से अपने भाई-भाभी का पक्षधर था। एक पराये लड़के लिए अपनों से वैर-विरोध मोल लेने को वह मूर्खता समझता था। अपनी पत्नी को प्रबोधित करने की इच्छा से वह बोला, "वे लोग लड़के को नाहक परेशान नहीं करते। अनुशासन में रखने के लिए कठोरता बरतनी ही पड़ती है। तुम्हें इसमें कुछ बुरा लगे, तो उनका कोई दोष नहीं। हमें बड़ों में दोष निकालने का कोई अधिकार नहीं।"

अपने स्वामी की टिप्पणी से चकित हुई हेमांगिनी उसके चेहरे पर ताकने लगी। पन्द्रह वर्षों के गृहस्थ जीवन में पहली बार उसे अपने पति की ऐसी गहरी भ्रातृभक्ति देखने को मिल रही थी। उत्तेजित होकर वह अपने पति से बोली, "ठीक है, वे बड़े हैं, हमारे लिए आदरणीय ही नहीं, अपितु श्रद्धेय हैं, किन्तु उन्हें भी तो यह नहीं भूलना चाहिए कि मैं भी एक मां हूं। यदि वे ममता के महत्त्व को नहीं समझेंगे, तो वे सम्मान के अधिकारी कैसे रह सकेंगे?"

कुछ कहने जा रहा विपिन 'मझली दीदी' करुण स्वर में की गयी पुकार को सुनकर रुक गया। उसकी हंसी तो अवश्य छूट गयी, किन्तु उसमें निश्छलता

का भाव बिल्कुल नहीं था। हेमांगिनी सीधी किशन के पास जा पहुंची। उसे देखते ही प्रसन्न हो उठे किशन ने पूछा, "मझली दीदी! अब आपकी तबीअत कैसी है?"

अभी-अभी तो इसी लड़के को लेकर पति-पत्नी में तकरार चल रही थी। इसी लड़के के कारण तो परिवार की सुख-शान्ति स्वाहा हो गयी थी। इसलिए हेमांगिनी को किशन के किसी प्रश्न का उत्तर देना उचित प्रतीत नहीं हुआ। वह कठोर स्वर में उससे बोली, "तू रोज़ाना यहां क्यों भागा आता है? यहां तुझे क्या मिलता है?"

हेमांगिनी के स्वर की कठोरता के यथार्थ को न समझना और उसे हंसी-मज़ाक़ में उड़ा देना किशन के लिए सम्भव नहीं था। इसलिए वह अबोध बालक उदास होकर व्याकुलता अनुभव करने लगा। अपमान, भय, लज्जा और असमंजस-जैसे भावों से भरे बालक के मुंह से केवल इतना निकला, "दीदी! आपको देखने आया हूं।"

विपिन ने किशन के वाक्य को दोहरा दिया, "तुमसे मिलने आया हूं।" विपिन की हंसी से हेमांगिनी कटकर रह गयी। कुचली हुई सांपिन की भांति अपने पति को घूरने के बाद वह किशन से बोली, "जा भाग जा, आगे से यहां मत आया कर।"

"अच्छा।" कहकर किशन ने अपनी झेंप मिटाने की असफल चेष्टा तो अवश्य की, किन्तु अपमान और उपेक्षा की पीड़ा ने उसके चेहरे को और अधिक काला कर दिया। मुंह लटकाये हुए वह वहां से चुपचाप चलता बना। हेमांगिनी भी हेय दृष्टि से पति को देखते हुए कमरे से बाहर हो गयी।

चार-पांच दिनों के बाद भी हेमांगिनी के ज्वर ने छोड़ने का नाम न लिया। डॉक्टर ने परीक्षण के बाद, छाती में सर्दी के घुसने को ज्वर का कारण बताया। सन्ध्या के समय सुन्दर वेशभूषा में सजे ललित ने, मां से दत्त बाबू के यहां कठपुतली का खेल देखने जाने की अनुमति मांगी, तो मां ने उलाहना देकर कहा, "पांच-छह दिनों से बीमार पड़ी मां की सुध नहीं आयी और आज पैसे लेने आ गया?"

अपने को लज्जित अनुभव करते हुए ललित मां के सिरहाने बैठ गया।

उसकी पीठ पर हाथ फेरते हुए हेमांगिनी ने कहा, ''बेटे! यदि रोग ने पीछा न छोड़ा और मैं चल बसी, तो तू ख़ूब रोयेगा न?''

''मां कैसी बातें करती हो, तुम बिल्कुल ठीक हो जाओगी।'' कहते हुए ललित ने अपनी मां की छाती पर अपना हाथ रख दिया, जिस के स्पर्श से ज्वर के ताप में भी वह शीतलता अनुभव करने लगी। वह बेटे के हाथ को अपने हाथ में थामे रखना चाहती थी, किन्तु बेटा थोड़ी देर में जाने के लिए छटपटाने लगा। पुतलियों के नाच को न देख पाना उसे खलने लगा। बच्चे के मनोभाव को समझते हुए हेमांगिनी बोली, ''ठीक है, जा देख आ, किन्तु बहुत देर तक वहां डटे न रहना, जल्दी लौट आना।''

ललित बोला, ''ठीक है मां, जल्दी लौट आऊंगा।'' कहकर बाहर गया ललित वापस लौट आया और बोला, ''मां मेरी एक बात मानोगी?''

हंसते हुए हेमांगिनी बोली, ''यही न, रुपया चाहिए, ताक पर रुपये रखे हैं, एक रुपया ले ले, अधिक मत लेना।''

''नहीं, मां मुझे रुपया नहीं चाहिए। मुझे कुछ और कहना है।''

आश्चर्य प्रकट करते हुए हेमांगिनी बोली, ''रुपया नहीं चाहिए, तो फिर और क्या कहना है?''

मां के समीप खिसक आया ललित बोला, ''मां! किशन तुम्हें देखना चाहता है, वह कमरे के भीतर नहीं आयेगा, बाहर से ही तुम्हें देखकर चला जायेगा। वह कल भी इसी आस में बैठा रहा था, आज भी बैठा है, उसे अनुमति दे दो।''

परेशान होकर हेमांगिनी ललित से बोली, ''किशन बेचारा बाहर बैठा है, जा, उसे जल्दी से भीतर बुलाकर ला। तुमने मुझे पहले क्यों नहीं बताया?''

''वह भीतर आने से डरता है।'' कहकर ललित चला गया और थोड़ी देर में भीतर आया किशन मुंह लटकाकर खड़ा हो गया।

हेमांगिनी के—''आ भैया, आ''—जैसे स्नेहपूर्ण स्वागत वचन पर भी किशन पूर्ववत् चुपचाप खड़ा रहा। प्यार से किशन का हाथ पकड़कर उसे अपने बिस्तर पर बैठाते हुए हेमांगिनी बोली, ''उस दिन की डांट-डपट से क्या तू अपनी दीदी से बहुत नाराज़ हो गया है?''

अचानक, किशन फूट-फूटकर रोने लगा। उसे पहली बार इस प्रकार ज़ार-ज़ार आंसू बहाते हुए देखकर हेमांगिनी हैरान रह गयी। वह जानती थी कि किशन कभी किसी के सामने अपने को इस प्रकार कमज़ोर नहीं दिखाता। इसलिए उसे ढांढ़स देते हुए वह बोली, "क्या मर्द बच्चे भी कभी इस तरह आंसू बहाते हैं?"

अपने रोने पर क़ाबू पाने के लिए धोती के छोर को अपने मुंह मे ठूंसकर किशन बुझी हुई आवाज़ में बोला, "रोना कैसे न आये, डॉक्टर ने जो कलेजे में सर्दी बैठ जाने की कहकर डरा दिया है?"

हंसते हुए हेमांगिनी बोली, "इतनी छोटी-सी बात पर रोना? तू भी कैसा भोला और नादान लड़का है?" कहते हुए हेमांगिनी की आंखों से भी आंसू टपकने लगे। आंसू पोंछकर मुसकराते हुए वह बोली, "यह ठीक है कि डॉक्टर ने छाती में सर्दी बैठ जाने की बात कही है। इसलिए यदि मेरी मृत्यु हो गयी, तो ललित के साथ मिलकर तू मुझे गंगाजी में तो पहुंचा ही देगा न?"

उसी समय बाहर से ही, "मझली बहू! आज तुम्हारा स्वास्थ्य कैसा है?" पूछते हुए बड़ी बहू कादम्बिनी दरवाज़े पर आकर रुक गयी। कुछ देर तक किशन को घूरने के बाद वह बोली, "अरे! यह तो ससुरा यहीं खड़ा है, क्या मझली बहू का दुलार पाने के लिए रोने का नाटक किया जा रहा है? बहू! यह पाजी बहुत ढोंग और छल-छन्द जानता है।"

काफ़ी थकी-मांदी होने के कारण हेमांगिनी तकिए का सहारा लेकर अभी-अभी लेटी थी, किन्तु अब एकदम सावधान और सीधी होकर बैठते हुए बोली, "दीदी! छह-सात दिनों से ज्वरग्रस्त रहने के कारण मैं काफ़ी कमज़ोर हो गयी हूं, अत: मैं किसी बहस में पड़ना ठीक नहीं समझती। आपसे हाथ जोड़कर इस समय यहां से चले जाने की प्रार्थना करती हूं।"

थोड़ा सकपकाने के बाद एकदम संभलते हुए कादम्बिनी बोली, "क्या मुझे अपने भाई को भी कुछ कहने का अधिकार नहीं, जो तुम बीच में अपनी टांग अटकाती हो।"

"दीदी! इस बेचारे को दिन-रात डांटने के सिवा आप और करती ही क्या रहती हो? अच्छा, छोड़ो, जो भी इसे भला-बुरा कहना हो, अपने घर

जाकर कहना, यहां मेरे सामने यह सब कहने की न आवश्यकता है और न ही मैं ऐसा करने दूंगी।''

''क्या तुम मुझे अपने घर से निकाल दोगी?''

हाथ जोड़कर गिड़गिड़ाते हुए हेमांगिनी बोली, ''दीदी! मेरी तबीअत बहुत ख़राब है, इसलिए मैं आपके पैरों पड़ती हूं। आप चुप बैठी रहो या फिर अपने घर चली जाओ।''

''कमाल है कि मैं अपने भाई को भी नहीं समझा-बुझा सकती?''

''ख़ूब समझाइये, किन्तु अपने घर जाकर।''

''वह तो मैं जमकर करूंगी। यह जो दिन-रात मेरे विरुद्ध तुम्हारे कान भरता रहता है, इसकी सारी हेकड़ी निकाल दूंगी। मैंने इस पाजी को गाय के गले की डोरी के लिए दो अण्टी पाट काट लाने को कहा, तो यह कठपुतली का तमाशा देख आने का बहाना करने लगा। मैं पूछती हूं कि क्या यहां इस घर में कठपुतली का नाच देखा जा रहा है?'' यह कहते और पैर पटकते हुए कादम्बिनी अपने घर चली गयी।

कुछ देर तक जड़ बनकर बैठी हेमांगिनी ने किशन से कठपुतली का तमाशा देखने के लिए न जाने का कारण पूछा और बोली, ''चला गया होता, तो यह सारा नाटक न देखना पड़ता। अच्छा, भैया! जब तुम्हारी बहिन, तुम्हारा यहां आना पसन्द नहीं करती, तो तू यहां क्यों आता है?''

चुपचाप उठकर बाहर को गया किशन सहसा लौट आया और बोला, ''दीदी! हमारे गांव में विशालाक्षी देवी की बहुत मान्यता है, उन्हें जाग्रत देवी माना जाता है। मन्नत मानने से सारे रोग-शोक दूर हो जाते हैं। लोगों का ऐसा पक्का विश्वास है। आप भी पूजा कराने की मन्नत मान लो न?''

अभी-अभी हुए बेकार के झगड़े से हेमांगिनी का दिल काफ़ी उचाट हो गया था। लड़ाई-झगड़ा तो प्रतिदिन की साधारण-सी बात थी, किन्तु कभी इस मासूम बालक से झगड़ा नहीं हुआ था। वह अपने मन में सोचने लगी कि इस बेचारे किशन को मेरे स्वास्थ्य की कितनी चिन्ता है। इस सोच से वह भीतर-ही-भीतर काफ़ी परेशान हो उठी। किशन के लौटने पर उठकर उसकी पीठ पर हाथ फेरते हुए और आंसू बहाते हुए हेमांगिनी बोली, ''अच्छा, ठीक

है किशन, जब मैं स्वस्थ हो जाऊंगी, तो तुझे पूजा के लिए भेज दूंगी। क्या अकेला चला जायेगा?"

उत्साहित होकर किशन बोला, "इसमें क्या बात है, मज़े से चला जाऊंगा। दीदी! आप मुझे एक रुपया देकर आज ही भेज दो, कल प्रातः पूजा देकर प्रसाद ले आऊंगा, जिस खाते ही आपका रोग एकदम ठीक हो जायेगा। दीदी! आज ही भेज दो न?"

हेमांगिनी बोली, "अपनी बहिन से अनुमति लिये बिना जायेगा, तो लौटने पर मार पड़ेगी।"

मार के नाम से थोड़ी देर के लिए तो किशन सहम गया, फिर संयत स्वर में बोला, "मार पड़ेगी तो क्या, आपका रोग तो ठीक हो जायेगा।"

आंखों में आंसू भरकर हेमांगिनी बोली, "किशन! मेरे साथ तेरा क्या नाता है, जो मेरे लिए अपने पिटने की भी तुझे कोई चिन्ता नहीं?"

किशन इस प्रश्न का भला क्या उत्तर देता। वह उसे कैसे बताता कि उसका दुखी और व्याकुल हृदय उसमें अपनी स्वर्गीय मां को देखता है। कुछ देर तक हेमांगिनी के चेहरे पर देखते रहने के बाद किशन बोला, "मझली दीदी! छाती में बैठी सर्दी-जैसे विषम और भयंकर रोग की निवृत्ति के लिए कुछ भी करना पड़े, थोड़ा है।"

थोड़ा-सा हंसकर हेमांगिनी बोली, "मेरा रोग साधारण है अथवा असाधारण, किन्तु इसमें तुझे चिन्तित होने की क्या आवश्यकता है?"

"मझली दीदी! छाती में सर्दी के डेरे को आप साधारण रोग समझने की ग़लती क्यों कर रही हैं? इस रोग के बढ़ जाने का परिणाम भयंकर हो सकता है। इस स्थिति में मुझे चिन्ता नहीं होगी, तो और किसे होगी?"

"अच्छा, मैं सोचूंगी, भेजना होगा, तो तुम्हें बुला लूंगी, किन्तु हां, बिना बुलाये यहां मत आना।"

"मझली दीदी! ऐसा क्यों?"

"बिना बुलाये तुम्हारा यहां आना मुझे क़तई पसन्द नहीं। ऐसा करने पर मैं तुझे मना भी कर सकती हूं।"

"अच्छा, कल आप किस समय बुलाओगी?"

"क्या, सुबह-सवेरे ही निकलना ठीक रहेगा?"

"सवेरे न सही, क्या कल दोपहर को आ जाऊं?"

किशन के चेहरे की व्याकुलता और व्यग्रता को देखकर हेमांगिनी का मन व्यथित हो उठा। वह सोचने लगी कि इस बालक की भावुकता पर नियन्त्रण करना ही पड़ेगा। अपनी मझली दीदी के प्रति मोह के कारण वह न तो यहां आने के मोह का संवरण कर सकता है और न ही कठोर-से-कठोर किसी दण्ड की परवाह कर सकता है। इसे ठीक राह पर लाने के लिए कोई कठोर उपाय ही करना होगा।

फिर से आंखों में आंसू आने से व्याकुल हेमांगिनी ने मुंह फेरकर किशन से कहा, "देख किशन! मुझे तंग मतकर, इस समय यहां से चला जा। मैं जब आवश्यकता समझूंगी, अपने आप ही तुझे बुला लूंगी।"

"क्या मैं आपको तंग कर रहा हूं?" कहते हुए किशन सिर झुकाकर चलता बना।

हेमांगिनी को अनाथ एवं असहाय किशन द्वारा उसमें अपनी मरी मां को ढूंढ़ने की भावना समझते देर न लगी। इसलिए द्रवित होकर वह अश्रुवर्षा करने लगी। मुझसे थोड़ा-सा स्नेह पाकर इस बेचारे को कितनी बड़ी तसल्ली मिलती है, यह सोचकर वह उसके प्रति और अधिक ममता से भर गयी। वह मन-ही-मन कहने लगी, 'किशन! तू तो अपना उदास चेहरा लिये चलता बना, परन्तु क्या तू जानता है कि तेरी इस स्थिति को देखकर तेरी मझली दीदी के दिल पर क्या बीती है? वह बेचारी तो तुझे अपने कलेजे से भी नहीं लगा सकी।' इस बीच उमा ने आकर अपनी मां को बताया, "कल किशन के मामा के तक़ाज़े पर न जाकर, यहां हमारे घर आ बैठने पर तायाजी ने उसे ऐसा पीटा कि बेचारे की नाक से....।"

बीच में ही उमा को रोकते और धमकाते हुए हेमांगिनी बोली, "ठीक है, सुन लिया, अब तू भाग यहां से।"

अनावश्यक घुड़की से सहमी और चुपचाप जाती हुई अपनी बिटिया को बुलाकर हेमांगिनी ने पूछा, "क्या किशन की नाक से बहुत ख़ून बहा है?"

लौटकर उमा बोली, "नहीं, बहुत नहीं, थोड़ा-सा।"

"अच्छा, तू जा।"

दरवाज़े के पास पहुंचते ही उमा बोल उठी, "किशन मामा यहां खड़े हैं।"

सारी बात सुन चुके किशन ने सोचा कि यह सब उसके पक्ष में ही जायेगा। इसलिए उत्साहित होकर वह बोला, "दीदी! इस समय आपकी तबीअत कैसी है?"

क्रोधावेश में उत्तेजित हुई हेमांगिनी ने किशन को कठोर स्वर में डांटते हुए कहा, "जब मैंने तुझे बिना बुलाये यहां आने से मना कर दिया है, फिर तू यहां क्या करने आया है? जा, यहां से जल्दी से भाग जा।"

हैरान-परेशान हुए किशन को वहीं खड़े और आंखें फाड़कर अपनी ओर ताकते देखकर हेमांगिनी डांटकर बोली, "बड़ा ढीठ है, कहना भी नहीं मानता। सौ बार मना किया कि यहां आने की कोई आवश्यकता नहीं, किन्तु यह तो सुनता ही नहीं।" फिर वह उमा से सम्बोधित होकर बोली, "उमा! शिब्बू को बोल दे कि इस नालायक़ किशन को यहां न आने दिया करे।"

बिना उत्तर दिये उमा चुपचाप बाहर चली गयी। रात में अपने पति के सामने बिलखते और गिड़गिड़ाते हुए हेमांगिनी बोली, "मैंने आज तक आपसे कभी कुछ नहीं मांगा। इस बीमारी में आपसे एक भीख मांगती हूं, क्या देने की कृपा करेंगे।"

विपिन ने पूछा, "बोलो, क्या चाहती हो?"

"किशन को ये लोग बहुत सताते हैं। इसकी दुःख-पीड़ा मुझसे देखी नहीं जाती। मैं उसे गोद लेना चाहती हूं।"

उपहास के स्वर में विपिन ने कहा, "वहां से अपना ध्यान हटा लो, समस्या का समाधान अपने आप हो जायेगा।"

अपने स्वामी के कठोर परिहास से हेमांगिनी का हृदय छलनी हो गया। उससे पति की निष्ठुरता सही न गयी। वह हाथ जोड़कर अनुनय-विनय करते हुए बोली, "मैं क़सम खाकर कहती हूं कि मैं किशन को अपने पेट के जाये बेटे के समान प्यार करती हूं और इसलिए मैं उसका ठीक ढंग से पालन-पोषण करना चाहती हूं। उसके सयाना हो जाने पर मैं उसे स्वतन्त्र करने में बाधा नहीं

डालूंगी।''

विपिन ने शान्त स्वर में कहा, ''क्या किशन मेरी दुकान का धान अथवा चावल है, जो मैं लाकर तुम्हें दे दूं? वह दूसरों का भाई है, उन्हीं के घर आया है। दूसरों के फटे में भला तुम्हें अपनी टांग को फंसाने-अटकाने की क्या आवश्यकता है?''

अपने ऊपर संयम खो चुकी हेमांगिनी रोने लगी और बिलखते हुए बोली, ''यदि आप चाहो, तो जेठ-जेठानी से बात करके इस बच्चे को मेरी गोदी में डाल सकते हो। मैं आपसे विनती करती हूं कि मेरी इस प्रार्थना को आप स्वीकार कर लो। आपका मुझ पर बहुत उपकार होगा।''

विपिन ने कहा, ''जेठ-जेठानी मान भी जायें, तो भी हम कौन-से धन्ना सेठ हैं, जो परायी बला को अपने गले में बांधें और फिर उसके पालन-पोषण का ज़िम्मा संभालें।''

हेमांगिनी बोली, ''पहले तो आप मेरी छोटी-से-छोटी बात को भी गौरव देते थे, अब मुझसे ऐसा कौन-सा अपराध हो गया है, जो मैं अपने प्राणों को बचाने के लिए आपके आगे इतना गिड़गिड़ा रही हूं, फिर भी आप मेरी सुनने को तैयार नहीं? लगता है कि आप सब लोग उस अभागे की दुर्गति करने पर तुले हैं। मैं उसे अपने पास रखूंगी और देखती हूं कि मुझे कौन रोकता है?''

''उसे खिलाना-पिलाना मेरे बस का नहीं।''

''इसका ज़िम्मा मुझ पर रहा। क्या मेरा इस घर पर कोई अधिकार नहीं?'' मैं उसे अपने हिस्से का खिलाऊंगी। मैं आज ही उसे बुलाकर अपने निश्चय से अवगत करा दूंगी। जेठ-जेठानी के आपत्ति करने पर किशन के प्रति उनके क्रूर व्यवहार की पुलिस-दारोग़ा से शिकायत करूंगी।''

पत्नी के व्यवहार से क्रुद्ध विपिन ने बात टालने की ग़रज़ से कहा, ''ठीक है, देखा जायेगा।'' कहकर वह कमरे से बाहर चला गया।

अगले दिन सवेरे हेमांगिनी ने अपने कमरे की खिड़की खोली, तो पता चला कि वर्षा हो रही है और पांचू गोपाल अपनी मां से कह रहा है, ''मां! आपके समझदार भाई साहब वर्षा में भीगते चले आ रहे हैं।''

''झाड़ू लेकर अभी इस मरे की ख़बर लेती हूं।'' सिर पर अंगोछा डालकर

लरजती-गरजती कादम्बिनी अपने भाई के स्वागत के लिए मुख्य द्वार पर आ खड़ी हुई। सम्भावित स्थिति का अनुमान लगाते हुए हेमांगिनी तो कांप उठी और अपने बेटे से बोली, "ललित बेटे! ज़रा पता तो लगा कि तेरे किशन मामा इस समय कहां से आये हैं?"

ललित ने लौटकर बताया कि पांचू ने अपने किशन मामा को ऊकड़ूं बिठाकर उसके सिर पर दो ईंट रखी हुई हैं। इस पर चिन्तित हेमांगिनी बोली, "उसे उसके किस अपराध के लिए दण्ड दिया जा रहा है?" ललित ने बताया, "कल तक़ाज़े से उगाहे तीन रुपये लेकर भागा किशन रुपये ख़र्च करके अब लौटा है?"

अविश्वास करते हुए हेमांगिनी ने कहा, "यह सब झूठ है।"

"स्वयं लक्ष्मण ने यह रिपोर्ट दी है।" कहकर ललित तो पढ़ने चला गया और यहां दो-तीन घण्टे तक कोई हलचल नहीं हुई, किन्तु क़रीब दस बजे वहां कुरुक्षेत्र का दृश्य उपस्थित हो गया। अपनी मां के पीछे चल रहा पांचू मामा को कान से पकड़कर घसीटे जा रहा है, कादम्बिनी के पति नवीन बाबू भी साथ चल रहे हैं और विपिन को बुलाने के लिए व्यक्ति भेजा गया है।

उत्सुक बनी और घबरायी हुई हेमांगिनी कमरे के एक कोने में भावी दृश्य को देखने के लिए सांस रोककर खड़ी हो गयी। हेमांगिनी को सुनाते हुए नवीन बाबू तीखे और ऊंचे स्वर में बोले, "मझली बहू! तुम्हारे कारण हमारे लिए यहां रहना सुखद नहीं हो सकेगा। अपने पति से कह दो कि वह हमारे मकान का दाम चुका दें, ताकि हम कहीं दूसरी जगह चले जायें।"

हैरान और परेशान हुई हेमांगिनी सब कुछ सुनकर भी चुपचाप खड़ी रही, अब बड़ी बहू ने मोर्चा संभाल लिया। हेमांगिनी को सम्बोधित करते हुए कादम्बिनी बोली, "मझली बहू! तुम यह क्यों भूल जाती हो कि मैं तुम्हारी जेठानी हूं। तुम से कम समझदार नहीं हूं और न ही तुमने दूसरे के बच्चों से प्यार करने का ठेका ले रखा है। मैंने तुम्हें सौ बार समझाया कि प्यार-दुलार के नाम पर दूसरों के बच्चों को बिगाड़ने से बाज़ आओ, किन्तु कोई मेरी बात सुने तो। अब अपनी आंखों से इसका परिणाम भी देख लो। वही हुआ न, जिसका हमें डर था? बहूरानी! यह मत भूलो कि आख़िर अपने बच्चों का भार उनके

मां-बाप को ही उठाना पड़ता है।''

हेमांगिनी ने इसे सामान्य शिकायत समझते हुए मासूमियत से पूछा, ''दीदी! आख़िर क्या मामला है?''

कादम्बिनी ने और अधिक गला फाड़ते हुए कहा, ''खुशियां मनाओ, उछलो-कूदो और नाचो-गाओ। हुआ कुछ भी नहीं। हां, किशन चोरी करना और परायी अमानत को हड़पना सीख गया है। इसी तरह दो-चार बार और प्यार-दुलार करोगी, तो सन्दूक का ताला तोड़ना और सेंध लगाना भी सीख जायेगा।''

रोग-पीड़ित हेमांगिनी अपने विरुद्ध लगाये जा रहे मिथ्या आरोपों से छटपटाने लगी। आज तक उसने कभी जेठ के सामने मुंह नहीं खोला था, किन्तु आज वह अपने ऊपर संयम न रख सकी। ऊंची और कठोर आवाज़ में बोली, ''क्या मैंने ही किशन को चोरी करना और डाका डालना सिखाया है?''

नहले पर दहला मारते हुए कादम्बिनी बोली, ''मैं क्या जानूं कि तुमने क्या सिखाया और क्या नहीं सिखाया, किन्तु इतना तो सत्य है कि पहले वह इस बुराई से एकदम अनजान था। पता नहीं, तुम दोनों छिपकर क्या बातें करते रहते हो और कौन-सी खिचड़ी पकाते रहते हो?''

थोड़ी देर के लिए तो हेमांगिनी स्तब्ध रह गयी। उसके लिए विश्वास करना कठिन हो गया कि कोई व्यक्ति इतना क्रूर, इतना निर्मम और इतनी गहरी चोट पहुंचाने वाला भी हो सकता है, किन्तु उसकी यह किंकर्तव्यविमूढ़ता थोड़ी देर के लिए ही रही। फिर वह भी संभल गयी और शेरनी बनकर बाहर निकल आयी और जेठानी को आड़े हाथों लेते हुए बोली, ''तुम चमारिन के साथ बात करने में भी मुझे शर्म आती है। अरी बेहया! व्यक्ति जानवर को भी भरपेट खाना देता है, जबकि तू अपने भाई तक को भूखा मारती है। कोल्हू के बैल की तरह दिन-भर उससे काम लेकर उस अभागे को खाना भी नहीं देती। बेचारा पेट की आग को बुझाने के लिए ही मेरे पास दौड़ा आता है।''

कादम्बिनी बोली, ''क्यां कहती हो कि हम ख़ाली काम लेते हैं और उसे खाना नहीं देते? तुम उसका पेट भरती हो?''

हेमांगिनी बोली, ''यही अक्षरशः सत्य है। इसमें कुछ भी अतिशयोक्ति नहीं है। आज तक तुम लोगों ने उसे कभी भरपेट खाना नहीं दिया, सिर्फ़ या तो उससे काम लिया है या पीटकर उसकी चमड़ी उधेड़ी है। मैंने तुम लोगों के डर के कारण हज़ार बार किशन को अपने यहां आने को मना किया है, किन्तु बेचारे से जब भूख नहीं सही जाती, तब उसे विवश होकर आना ही पड़ता है। तुम लोगों से तो न खिलाते बनता है और न ही किसी को खाते हुए देखते बनता है।''

इस बार जेठजी ने किशन को खींचकर उसकी धोती के पल्लू से केले के पत्ते का एक दोना निकाला और उसे दिखाते हुए हेमांगिनी से बोले, ''हम तो छोटे लोग हैं, किसी को खिला ही नहीं सकते, फिर ईर्ष्यालु भी हैं, किन्तु अब अपनी आंखों से देख लो। हमारे रुपये चुराकर यह किशन तुम्हारे न जाने किस भले के लिए, किस देवी की पूजा करके प्रसाद लाया है, यह लो।'' कहकर उन्होंने पत्ते के दोनों में सन्देस, बेलपत्र और पुष्प आदि दिखा दिये।

कादम्बिनी लाल-पीली होकर बोली, ''अरे! यह लड़का तो शैतान ही नहीं, पक्का चोर है, किन्तु मझली, यह तो बता कि क्या उसने ये चोरी मेरे भले के लिए की है, या तुम्हारे भले के लिए?''

कई दिनों से बुख़ार और इस समय लगाये जा रहे मिथ्या आरोपों से असंयत हुई हेमांगिनी ने बाहर निकलकर किशन को तड़ातड़ तमाचे जड़ दिये। उसे गाली देते हुए वह बोली, ''क्या मैंने तुझे चोरी करना सिखाया है? कितनी बार तुझे अपने घर आने से मना किया है। अब मुझे मालूम हुआ कि मेरे घर आने पर तू इधर-उधर क्यों तांक-झांक करता रहता था।''

इस बीच घर के दूसरे लोग भी वहां आ जुटे थे। शिब्बू बोला, ''मां! परसों रात किशन तुम्हारे कमरे के बाहर अंधेरे में खड़ा था, मुझे देखते ही भाग गया, अन्यथा यह अवश्य भीतर घुसकर चोरी करता।''

पांचू बोला, ''मामा ख़ूब चालाक है, उसे ठीक से मालूम है कि बीमार होने पर चाची जल्दी सो जाती है।''

हेमांगिनी द्वारा किशन की पिटाई से कादम्बिनी आज इतनी अधिक प्रसन्न हुई, जितनी वह पिछले सोलह वर्षों में कभी नहीं हुई थी। वह बोली, ''मझली

बहू! मुझे कहां से पता चलता कि तू इसे अपने यहां आने से मना करती है और यह नामुराद मुंह उठाये भागा चला आता है। यह तो ढिंढ़ोरा पीटता रहता है कि मझली बहू मुझे सगी मां से भी बढ़कर प्यार करती है।'' दोने की मिठाई और फूल-पत्तियों को फेंकते हुए जेठानी बोली, ''हरामज़ादा! तीन रुपये चुराकर न जाने कहां से फूल-पत्तियां उठा लाया है?''

किशन को चोर मानकर और उसे घर ले जाकर नवीन बाबू ने उसे दण्ड देने की योजना बनायी। फलतः उस पर निर्ममतापूर्वक प्रहार किये जाने लगे, किन्तु वह न तो रोया और न ही उसने किसी प्रकार का विरोध किया। एक गाल पर थप्पड़ पड़ता, तो वह दूसरा गाल आगे कर देता अथवा मुंह फेरकर खड़ा हो जाता। जिस प्रकार भरी गाड़ी में जुता बैल कीचड़ में फंस जाने पर चाबुक खाने को मजबूर होता है, वही स्थिति किशन की भी थी। यहां तक कि कादम्बिनी तक को स्वीकार करना पड़ा कि उसने तो मार खाने में प्रशिक्षण ले रखा है, जबकि वास्तविकता यह थी कि वहां आने से पहले, कभी किसी ने उस पर हाथ भी नहीं उठाया था।

अपने कमरे की सभी खिड़कियां बन्द करके हेमांगिनी चुपचाप अपने में खोयी हुई बैठी है। किशन को पिटता देखने को गयी उमा ने मां को बताया कि ताईजी के अनुसार तो किशन मामा बड़ा होकर डाकू बनेगा। उसके गांव में पता नहीं कौन-सी देवी है?

अपना नाम पुकारे जाने पर चौंकी उमा ने मुंह फेरकर देखा, तो उसकी मां फफक-फफककर रो रही थी। हैरानी से लड़की ने पूछा, ''मां! क्या बात है?''

''क्या अब भी सब लोग मिलकर किशन की धुनाई कर रहे हैं?'' कहने के साथ धरती पर मुंह के बल लेटी हेमांगिनी रोने-बिलखने लगी। मां को रोते देखकर उमा की आंखों में भी आंसू आ गये। अपने आंचल से मां के आंसू पोंछकर उमा बोली, ''प्रसन्न की मां किशन मामा को खींचकर बाहर ले आयी है।''

बिना कोई प्रतिक्रिया जतलाये हेमांगिनी चुपचाप वहीं पड़ी रही। दोपहर के दो-तीन बजे उसे ठण्ड लगने लगी और तेज बुख़ार भी अनुभव होने लगा।

आज कई दिनों के बाद उसने खाने का मन बनाकर कुछ आयोजन किया था, किन्तु खाने की इच्छा न होने से पकाया भात सड़ रहा था। सायंकाल अपनी भाभी द्वारा भड़काये जाने से क्रुद्ध एवं उत्तेजित विपिन को उमा ने अपनी मां के तेज बुख़ार से तड़प रहे होने की जानकारी दी, तो हैरान होकर वह बोला, ''पिछले तीन-चार दिनों से तो वह स्वस्थ चल रही थी।''

विपिन अपनी पत्नी को मन-ही-मन बहुत प्यार करता था। अपने भाई-भाभी से पांच वर्ष पहले अलग होते समय यह तथ्य भली प्रकार से उजागर हो गया था। घबराये हुए कमरे में पहुंचे विपिन ने अपनी पत्नी को धरती पर पड़ा देखकर उससे पलंग पर सोने का अनुरोध करते हुए उसके शरीर को छुआ, तो हेमांगिनी ने आंखें खोल दीं और अपने पति के पैरों से लिपटते और बिलखते हुए वह करुण स्वर में अपने पति से किशन को आश्रय देने की प्रार्थना करनी लगी और कहने लगी, ''किशन को आश्रय दिये बिना, न मैं कभी स्वस्थ हो सकती हूं और न ही मां काली मुझे कभी क्षमा कर सकती है।''

अपने पैरों से पत्नी के हाथों को छुड़ाकर विपिन प्यार से अपनी पत्नी के सिर पर हाथ फेरने लगा। हेमांगिनी ने फिर पूछा, ''क्या मेरी विनती कुबूल नहीं होगी?''

पत्नी के आंसू पोंछते हुए विपिन बोला, ''पहले तुम थोड़ा स्वस्थ हो जाओ, फिर तुम जो कहोगी, वही होगा।''

बिना कुछ बोले हेमांगिनी धरती से उठकर बिस्तर पर आ लेटी। रात में उसका बुख़ार उतर जाने से विपिन को काफ़ी राहत मिली। नहाने-धोने और खाने-पीने के बाद दुकान पर जाने को उद्यत विपिन के पास आयी हेमांगिनी बोली, ''भारी मार पड़ने के कारण किशन तेज़ बुख़ार से तड़प रहा है, मैं उसे अपने यहां लाने की सोच रही हूं।''

विपिन ने विरक्त भाव से उत्तर दिया, ''क्यों बेकार में झमेला खड़ा करती हो? अभी उसे वहीं रहने दो।''

विस्मित हुई हेमांगिनी बोली, ''रात में तो आपने किशन को आश्रय देना मान लिया था।''

उपेक्षा भाव से विपिन बोला, ''हमारा किशन से कौन-सा नाता-रिश्ता

है, जो उसके पालन-पोषण का झञ्झट मोल लें? जहां पड़ा है, वहीं पड़ा रहने दो।''

रात को पत्नी को अस्वस्थ देखकर विपिन ने हामी भर दी थी, किन्तु अब उसे स्वस्थ देखकर वह पलट गया और पत्नी को समझाते हुए बोला, ''बेकार में भाई-भाभी से तकरार लेने का क्या लाभ? तुम्हारा पागलपन मुझे ठीक नहीं लगता।''

हेमांगिनी शान्त, किन्तु दृढ़ स्वर में बोली, ''फिर तो वे उसका ख़ून करने को भी स्वतन्त्र हैं। मैं तो उसे ले ही आऊंगी, देखती हूं, मुझे कौन रोकता है? कल तक दो बच्चों की मां, आज से तीन बच्चों की मां कहलायेगी।''

''अच्छा, देखा जायेगा।'' कहकर जाते हुए पति की राह रोककर खड़ी हेमांगिनी बोली, ''क्या आप किशन को घर में रखने को सहमत नहीं हो?''

''यह कैसा पागलपन है, हटो, रास्ता छोड़ो।'' कहते हुए लाल आंखें दिखाते हुआ विपिन दुकान पर चला गया।

शिब्बू को आवाज़ देते हुए हेमांगिनी बोली, ''एक बैलगाड़ी ले आ, मुझे अपने मायके जाना है।''

हंसते हुए विपिन ने कहा, ''धमकी देती हो?'' कहते हुए वह अपनी राह हो लिया।''

चण्डीमण्डप के पास धरती पर बिछी एक चटाई पर पड़ा, तन से घायल और मन से व्याकुल किशन ज्वर-वेदना से तड़प रहा था। हेमांगिनी ने उसे आवाज़ देकर पुकारा, तो वह एकदम उठकर इस प्रकार खड़ा हो गया, मानो वह इसी आवाज़ की प्रतीक्षा कर रहा हो। ''क्या आज्ञा है मझली दीदी?'' कहने के साथ उसके चेहरे पर इस प्रकार हंसी खेलने लगी, मानो उसके साथ मारपीट-जैसा कुछ हुआ ही न हो। अपनी फटी चटाई को हाथ से झाड़ते हुए वह बोला, ''दीदी! बैठिये न।''

किशन को खींचकर अपनी छाती से लगाते हुए हेमांगिनी बोली, ''मैं यहां बैठने नहीं आयी हूं, तुझे बुलाने आयी हूं। मैं अपने मायके जा रही हूं, तू मुझे वहां तक छोड़कर आयेगा।''

''जो आज्ञा।'' कहकर किशन ने चटाई लपेटकर रख दी और कन्धे पर

अंगोछा रखकर बोला, "चलिये।"

हेमांगिनी अपने घर के सामने खड़ी बैलगाड़ी पर किशन के साथ सवार होकर बैठ गयी। गाड़ी के गांव से बाहर निकल आने पर पुकारे जाने की आवाज़ को सुनकर गाड़ीवान ने गाड़ी रोक दी। हैरान-परेशान हुए विपिन ने समीप आकर पत्नी से पूछा, "कहां जा रही हो?"

किशन की ओर संकेत करते हुए हेमांगिनी बोली, "इसके गांव जा रही हूं।"

"कब लौटोगी?"

"जब प्रभु की इच्छा होगी।"

"क्या मतलब?"

"मतलब यह कि जब किशन को कहीं सुखद आश्रय मिल जायेगा, तो इसे छोड़कर अकेली लौट आऊंगी, किन्तु जब तक ऐसी व्यवस्था नहीं हो जाती, तब तक इसके साथ ही रहना होगा।"

विपिन को अपनी स्त्री के चेहरे को देखकर और उसके स्वर को सुनकर मोती कुम्हार के निस्सहाय भानजे को बचाये जाने वाले दिन का स्मरण हो आया। विपिन ने भली प्रकार समझ लिया कि डांट-डपटकर हेमांगिनी को अपने निश्चय से हटाना कदापि सम्भव नहीं। इसलिए वह मधुर और विनम्र स्वर में बोला, "ठीक है, घर लौट चलो।"

हाथ जोड़कर गिड़गिड़ाते हुए हेमांगिनी बोली, "मुझे अपना काम पूरा कर लेने दो। मैं अपने काम को अधूरा छोड़कर नहीं लौट सकूंगी।"

कुछ देर तक पत्नी के शान्त चेहरे को देखने के बाद विपिन ने किशन का हाथ पकड़कर उससे कहा, "चल बेटे! अपनी मझली दीदी को भी लौटाकर घर ले चल। मेरे जीते-जी तुम दोनों—भाई-बहिन—को कोई अलग नहीं कर सकेगा। मैं इस बात का ज़िम्मा लेता हूं और विश्वास दिलाता हूं। चलो, घर लौट चलो।"

***